AF411089

Matices

Poner en Palabras lo Inefable

Matices, Poner en Palabras lo Inefable 2023
Primera edición: octubre de 2023
ISBN: 978-628-01-0847-6
Compilación y edición: Paula Alejandra Gómez Osorio
Copyright
Andrés Henao Arango tiene el @ del texto de *La casa de la fuente de piedra.*
Carmen Andrea Rengifo Gómez tiene el @ de los textos: *Tregua, Disección, Carraca, Niebla, Pálpito, Ruinas, Túnel, El diablo acecha, Tallo, Pan nuestro de cada día, Yelo.*
Catherine Valencia Lidel tiene el @ de los textos: *Como la abuela, Descifrarse, Preguntas que incomodan: parte 1, Se fue para quedarse, Siempre presente, La historia inconclusa, Historia sin principio, Los límites de la indiferencia, ¿Acaso importa?*
Dary Sandra Peña Manrique tiene el @ de los textos*: Portarretrato, El reloj de Juan, Tejido sin tiempo, Detrás de la ventana, Atrapado en el tiempo, Cambio de itinerario, Poker face, La fiesta patronal.*
Julie Cristina León Rodríguez tiene el @ de los textos: *Princesa, Mi nuevo amigo, Suave recorrido, El camino, Dulce espera, La misión.*
María Inmaculada López tiene el @ de los textos: *Cicatrices, Los silentes.*
María Santos Zamora Valencia tiene el @ de los textos: *Un tesoro topado entre los manglares, Mano Chen, Paseo a la playa, ¿Has visto a mi madre?, Narrando sobre mí, ¿Qué es importante para mí?*
Valentín Guzmán Gómez tiene el @ de los textos: *¿Y por qué me dejaste después de todo lo que vivimos?, La ruta hacia los nuggets, La burla de la montaña, Oliver: el Ciclista Inesperado.*

Meliflua editorial

Índice

Las Autoras y Los Autores

Andrés Henao Arango

Oficial retirado de la Fuerza Aérea Colombiana, administrador aeronáutico, aviador y especialista en seguridad y defensa nacional. Durante los 28 años que se desempeñó como militar tuvo la oportunidad y el privilegio de conocer parte de la geografía y de la población colombiana.

Carmen Andrea Rengifo Gómez

Carmen Andrea Rengifo Gómez es periodista de la UNAD, máster en creación literaria de la Universidad Pompeu Fabra de Barcelona y máster en escritura creativa de la Universidad de Sevilla.

Ha sido corresponsal de televisión, radio, prensa y digital para medios de Colombia, Venezuela, y España. Ganadora del Premio Nacional de Periodismo Simón Bolívar, en la categoría Mejor Reportaje Deportivo en Televisión por la crónica *Boxeador Dagua*.

Ganadora de la Beca Programa Nacional de Estímulos del Ministerio de Cultura de Colombia, año 2022, por obra inédita, con el libro *Las Sombras Rojas*. Texto híbrido de poesía en prosa, microrrelatos, crónicas y aforismos, publicado en febrero de 2022. creadora del taller Técnicas Prácticas de Escritura para Sanar-te.

Algunos de sus textos han sido publicados en la Antología *2020 Microrrelatos confinados de la comarca cuencas mineras de España*. Finalista del Concurso Relato Breve José Luis Gallego 2020, con el texto *El graznido despierta a todos*, de la Asociación Aluche de Madrid, y la Biblioteca Pública Ángel González.

Colecciona abrazos y momentos; le gusta sonreír, aunque a veces le cuesta, le gusta jugar, aunque a veces se cansa, le gusta amar, aunque a veces le duela, le gusta llorar, aunque a veces se reseca.

Catherine Valencia Lidel

Le estuvo diciendo que se fueran al Líbano a tenerla, quería que su primera hija naciera en su pueblo, pero él creía que la opción era la capital porque le habían dicho que la atención médica es mejor, ella insistió, pero no logró convencerlo. Entre la idea de que aquí o allá, finalmente le dio por nacer un 28 de septiembre de 1985 en la capital, un año bastante movido para el país.

A la vista de los demás fue la primera hija, pero no, por circunstancias de la vida, y sin haberlo si quiera podido procesar, su primera experiencia de crianza fue estar al cuidado de la hija de su hermano, por motivos que no voy a profundizar en este instante, pero que sí he escrito. Recibieron a esa pequeña bebé para cuidar de ella porque en ese momento su madre y su padre no podían hacerlo, así de duro, la realidad de este país le ha arrebatado la posibilidad a muchas y muchos de ser cuidados por quienes les trajeron al mundo.

Fue tan así la crianza que en el barrio pensaban que mi madre y mi padre habían tenido una hija sin casarse. Para la época y para algunos fue un poco escandaloso, pero ellos estaban tan sumidos en el amor por esa pequeña que los comentarios no fueron de gran importancia para la familia. A pesar de la dicha de tenerla con ellos, la felicidad también estaba atravesada por el dolor de la ausencia, por la libertad ahogada y el sufrimiento del que no se habla.

Esto pasó siete años antes de que yo llegara a este planeta, a este país, y naciera finalmente en Bogotá, pero por el deseo de mi madre, con el alma en el Líbano, Tolima. Durante otros siete años fui hija única, consentida con los cuidados de madre Elvia, por mi padre Enrique que desde que recuerdo ha madrugado para preparar el alimento, y también mimada por mi lado materno, por el abuelo Eliécer, la abuela Elvia y la tía Rosita. No tuve la oportunidad de compartir con esa "hermana de crianza" porque a sus nueve años tuvo que salir del país junto con su madre, su hermano de catorce años y su hermana de dos, el exilio nos distanció.

Este tema de "mi hermana mayor" no lo vine a comprender hasta conocer la historia de la familia. Siempre me llamó la atención el amor de mi padre y madre hacia mi prima que para mí estaba ligado al vínculo de mi madre con su hermano, mi tío, pero luego, vine a entender la historia y así empezar a vislumbrar que la primera experiencia de maternidad y paternidad, obligados por las circunstancias, fue cuidar a mi prima, y eso me hizo abrazar la idea de hermandad, y entender que yo no soy su hija mayor.

Cada paso que damos, así sea sin saberlo de manera consciente, tiene detrás un cúmulo de historias, unas alegres, otras dolorosas. Aprendí de dónde vienen mis abuelos, empecé a preguntar cómo se conocieron mamá y papá, ambos del mismo pueblo. Una tía por parte de papá y mi madre fueron amigas de colegio y desde allí a mi padre se le enredó la mirada en sus trenzas, para luego volver a encontrarse en Bogotá muchos años después, como si estuviera escrito que las familias iban a seguir unidas sin tanto haberlo planeado, pero seguramente él sí con el convencimiento de volver a encontrarla. ¿Cómo en los años 70 puedes volver a ver a alguien en la inmensidad de la capital? ¿Cómo entre callejones buscas una dirección para entregar una carta y volver a ver las trenzas en las que, de niño, tu mirada quedó enlazada? Para esa historia, otro escrito. Pero sin duda, para hablar de mí tengo que contar de dónde vengo, de mis raíces, de aquella historia que atraviesa mi cuerpo, de mi linaje femenino, de lo que me hace ser quien soy.

Veía la tele, leía los libros, escuchaba a mis maestras y maestros de colegio con la idea de descubrir que hay más allá del barrio, del país, del continente. Me gustaba la clase de historia, la geografía y los libros que me permitían navegar por lugares lejanos, o a lo mejor cercanos, pero desconocidos. De niña me gustaban los diarios, cuadernitos en los que podía escribir lo que me pasaba, lo que sentía, aquello que observaba, mi mirada de la familia, de la vida y del mundo.

La escritura ha estado presente en la familia como una necesidad de gritar a través de las letras, para guardarlas y procesar, para tramitar dolores, para que lo que nos pasó quede allí en las hojas que nadie leerá, y mejor, porque puede resultar peligroso. Esto lo fui aprendiendo por mi curiosidad en la biblioteca de la casa de la abuela materna: escritos a mano escondidos en los libros, cuadernos donde madre guarda sus angustias y en las palabras se sienten sus lágrimas.

Cuando empiezo a conocer la historia de la familia mis ganas de escribir crecen, pero es que de eso no se habla, ¿entonces cómo se escribe? Pues se narra en silencio, para que solo quien escribe lo pueda leer, pero no más allá de eso.

Cada ser de la familia y aquellos que han llegado a mi vida me tejen en el hoy, desde lo que elegí estudiar —a pesar que mi padre quería otra profesión—, el Trabajo Social, la licenciatura en Antropología, una maestría en Derechos Humanos que espera ser concluida y una especialización en Gerencia de Proyectos, pero querer hacer no es suficiente, debes presentar tus cartones y eso te permite entrar mejor en el ritmo de la burocracia, del Estado, de lo público, y no porque no sean importantes, lo son, pero sí hay que aceptar que si no existen, el mundo laboral se puede tragar tu experiencia, si no los tienes parece que no eres, no puedes, no entras. En otros países siguen siendo importantes, pero lo eres más tú, lo que sabes, lo que has aprendido, lo que puedes brindar, lo digo con conocimiento, por haberlo vivido y porque el choque al volver al país, después de siete años, no fue sencillo.

Soy de cada lugar a donde he viajado, me fui luego de terminar mi carrera, me impulsaron las ganas de seguir estudiando, de descubrir, aprender, conocer. Tengo en mí tejidas a las personas que se han instalado en el alma, seres de muchos lugares que conocí en París, Francia, en La Plata, Argentina, en el centro y sur de la cordillera, en los llanos orientales, en el pacífico de Colombia, y en otros países que fui descubriendo de qué estamos hechos, con la curiosidad de la cultura, del alimento, del paisaje. También soy desde las raíces que he echado desde que volví al país, de lo que hago en mi trabajo con las comunidades, los campesinos y campesinas, las mujeres, la primera infancia, los pueblos étnicos; y en el ahora, con quienes trabajan en lo humanitario, con la convicción de poder tejer redes para hacer viable cada paso que se dé para aliviar el dolor de las víctimas del conflicto armado, y todo lo que sea posible para que podamos caminar hacia la tan anhelada paz.

Dary Sandra Peña Manrique

Cuando tengo que presentarme, además de estar orgullosa de ser mujer, me alegra decir que, desde hace más de 20 años, soy periodista, lo cual me ha dado la oportunidad de estar al tanto de las novedades y leer para documentarme, pero esa virtud, en ocasiones se me convierte en una limitante cuando se trata de escribir ficción, dado que quiero citar fuentes, consultar y contrastar hechos, y —en cierta medida— estas cualidades me impiden avanzar en algunas historias.

Por ello, para salir de esa "imparcialidad y objetividad" del periodismo, realicé la maestría en Creación Literaria en la Universidad Central, donde descubrí que quería escribir literatura infantil y juvenil, sin dejar de lado la narrativa para adultos, y también acudo a espacios como los talleres de escritura Relata.

Mi poética aún está en construcción. Esa voz a veces resuena con las historias de niños y jóvenes, pero también se hace fuerte con los silencios de los adultos mayores que olvidan, pero no quieren ser olvidados.

En ese camino, también he hecho algo de poesía, cuentos y novelas, siempre en la búsqueda de un estilo y aprendiendo de escritores, tanto clásicos como contemporáneos, y destacando la labor de las voces femeninas que han venido ganando espacio en la literatura, no solo por el hecho de ser mujeres, sino por su talento y calidad de escritura que aporta otra mirada.

A veces siento un cosquilleo con la inocencia y esperanza de un niño, pero salto con el corazón acelerado ante el ritmo pausado de la soledad y la enfermedad de un adulto.

Es un vaivén que me permite jugar con las palabras, los ritmos, los tonos y me dan paz en cada historia, algunas tristes, otras de reflexión y algunas más alegres. Quisiera que cada historia en sí misma fuera un universo con identidad propia, pero cuesta combinar los elementos.

En ocasiones, la historia es la que me atraviesa y, entonces, desearía tener el superpoder para saber hacia dónde dirigirme, aunque la realidad es que las coordenadas no siempre están trazadas y dudo en cuál camino tomar y me desvelo y pienso, y hasta me estreso por no entender y avanzar.

Sin embargo, también hay otros momentos de luz que me llevan fácilmente a contar eso que mi personaje me pide y decido solo dejarme guiar, sin limitarme. La historia va fluyendo y tomando forma hasta constituirse en una pieza que quiere ser leída.

En este camino que he recorrido en el taller me he sentido acompañada, no solo por nuestra directora, sino por cada una de sus lecturas. Autores que me han mostrado también un camino donde hay un reiterado llamado a la identidad, al orgullo, al valor de ser quienes somos y al perdón.

Somos hijos de una nación inequitativa, en guerra, en violencia, pero también tenemos riquezas naturales y, ante todo, culturales. Esas raíces que nos unen como pueblo, con tradiciones y nuevas voces que nos dan esa energía para descubrir más historias, no solo de lo rural sino de lo urbano.

En esa línea es donde mi inscribo, donde niños, jóvenes y adultos han llegado por desplazamiento o han nacido y crecido en un lugar donde todos vamos madurando y, es allí, donde quiero ser esa voz y tejer esas historias para quienes apenas inician la vida y para aquellos que saben que el próximo paso será despedirse, dejando recuerdos que otros quizás valorarán más adelante.

He aquí un bosquejo de una mujer bogotana, esposa, madre, periodista, ejecutiva y escritora, que espera aprender y aportar en la literatura colombiana.

Julie Cristina León Rodríguez

Julie es bogotana, hija, esposa, madre, amiga, amante de la naturaleza, del ejercicio y del movimiento como vida, buena al enseñar y mejor al aprender, de profesión médica, promotora de los buenos hábitos y estilos de vida; lo lleva en las venas y enseña con el ejemplo.

¡Qué mujer! ¡fantástica!, madura y niña a la vez. Una mano amiga, un brazo fuerte, inteligente, tranquila y volcánica a la vez. Es tierna con los otros, conciliadora y amorosa, pero a veces, demasiado dura con ella misma, exigente, ordenada, puntual y en especial, una optimista incurable.

María Inmaculada López

Mis escritos son del duelo y de la injusticia, en ocasiones de la pasión que nace cuando se está enamorado de la vida. Cuando la ternura y la nostalgia se juntan, el verso llega. En otras, mi corazón se endurece como un cristal por el duelo de perder un hijo que por el hecho de haber vivido con una discapacidad no es un ángel, como dicen muchos. Nos duele su partida, porque lo amamos sin condiciones y aún se extraña su presencia.

Quisiera escribir cuando las palabras llegan, tiempo es lo que me sobra, pero la autonomía oprime mi corazón y todavía no he aprendido a gestionarla. La palabra no fluye, me veo frágil. El insomnio me acecha, en ocasiones me siento como un ser marginado, anónimo, y abandono mis sueños.

Soy consciente de que el encuentro con los otros es un refugio para el alma, pero aun así me hundo en la desesperanza, en la indiferencia al convivir tanto con la muerte que me olvido de la vida. Por ello me he animado a escribir estas letras, porque según el novelista británico, Graham Greene, "escribir es una forma de terapia". A veces me pregunto cómo se las arreglan los que no escriben, los que no componen música o pintan, para escapar de la locura, de la melancolía, del terror, del pánico, sensaciones inherentes a la condición humana.

María Santos Zamora Valencia

María Santos Zamora Valencia es una mujer nacida en el bello Puerto del Mar, Buenaventura. Profesional en administración financiera y magister en educación, con énfasis en educación de matemáticas. Trabaja como docente educación secundaria.

Comenzó a escribir historias a los 16 años, y las guardaba como un tesoro. A sus 47 años desempolvó esos cuadernos con hojas amarillentas se los leyó a una amiga y a su amada tía, quienes quedaron encantadas y la animaron a escribir.

Inicia su carrera como escritora autopublicada en el año 2022. Su primera obra escrita inédita que en sus primero días de lanzamiento fue superventas, es *Reconstruida a los 44, una mujer también puede redescubrirse antes de esa edad*. Un libro imprescindible para una mujer. Es un libro que cuenta una experiencia de éxito de una mujer feliz, a partir de las vivencias de los personajes Marimba y Guasá. Su segunda obra, *Niñita afro,* es un cuento infantil que narra la historia de una niña afrodescendiente discriminada por su color de piel por sus compañeros de escuela. El cuento enseña a los niños y niñas el respeto por la diferencia, a aceptarnos y a valorarnos como somos, y a no prestar atención a cualquier acto de discriminación. También escribió el cuento *Cuando una madre se enferma* en el que narra la analogía de una madre enferma de túnel carpiano y por la cual sus hijos se disputan su cuidado.

Además de su trabajo como escritora autopublicada, María Santos dedica gran parte de su tiempo a misión importante: enseñar y a aprender de sus estudiantes.

La preferencia de sus letras está basada en el saber ancestral. Le gusta escribir historias de la vida real narradas en ficción, cuentos y prosa poética con acervo cultural.

Valentín Guzmán Gómez

¿Poniendo en Palabras lo Inefable? Con esta pregunta empecé el taller. Porque me lleva a cuestionamientos abstractos, banales y trascendentales.

¿Cómo me verbalizo como: persona, ciclista, publicista, ¿y ahora escritor?

Eso soy, un cumulo de abstracciones del mismo ser o persona, si queremos verlo así. O bueno, leerlo.

¿Esto es una reflexión? También puede ser una presentación para ustedes, oyentes, espectadores y ojalá en algún punto lectores.

Ahora sí, lleguemos a lo banal, o ¿real?

Soy Valentín Guzmán, alias el menso, o rodador en las carreteras o como me dice mi familia, Tin.

Espero ser un eslabón más en la construcción de sus propias abstracciones y ustedes de las mías. Porque algo que sí podemos tener con seguridad es que este taller nos va a enseñar sobre lo inefable o hacer viable lo complejo de ser escritor o cuentero de lo vivido. Un gusto.

Pero antes de despedirme me gustaría contarles una historia.

Resulta que una vez nació, en la ciudad de Cali, un *man* que se crio con tres mujeres hermosas que le enseñaron la belleza de vivir o de apreciar lo chimba de ser humano. Ahora ese *man* sigue en el proceso porque le han pasado un resto de visajes, como conocerse, conocer a Dios, etc. Y los más cagada es que ahora quiere ser disque escritor. Siendo sincero, esta historia apenas comienza porque no sirve ni de sinopsis. Porque quería dejar esto inconcluso, o sin completar como lo estoy yo como escrito, o como escritor. Hablamos pues, o, mejor dicho, nos leemos pues.

Amarillo

Tregua
Carmen Andrea Rengifo Gómez

Me escuchaba mientras leía, anduve por ese río arrastrando cuerpos hasta la extenuación. La crueldad es la certeza de la oscuridad, eso digo para disociarme de la sensación de culpa colectiva. Me pongo la mano en el corazón: sí, estoy aquí y siento culpa. ¿Qué he hecho, qué he dejado de hacer?

Paula dice que tenemos una responsabilidad. Mejor me evado, hago de cuenta que no es conmigo, sigo la vida como si aquellas verdades fueran ficción. ¿Podría, debería?

El eco de los relatos me martilla: la quinceañera y sus años perdidos; perra hijueputa, agachá la cabeza que te vamos a matar; el dolor del bosque; el disparo en la ingle; el almuerzo sin servir; la estufa usada. Lo siento María, lo repito como un mantra; me pica la garganta.

Cuando Cathe contó que hizo parte del informe me dio una envidia triste, habría querido ser, hacer, y siento culpa, culpa por estar ausente, culpa por estar disociada de mi país. ¿Podría evadirme, encapsularme?

Andrés se hizo preguntas que yo me repito a diario, dónde quedó la humanidad. ¡No matarás! ¿Cuántos faltaron? ¿Cuántas historias sin dolientes —me hierve la cara—, cuánta violencia?

No sé, Paula, no sé si pueda con tanto dolor, no sé si quiera. Me habita la desesperanza y quiero no estar y reniego de mi historia, y me pregunto desde mis privilegios ¿qué hago a diario para que esto cambie, para sacar la violencia de mi piel, de mis ancestros? Intento, intento. Y sigo preguntándome ¿qué he hecho para aportar a la paz de mi país?

Como la Abuela
Catherine Valencia Lidel

Se sienta cada tarde a eso de las cinco y cuarenta y cuatro a observar, desde allí tiene la posibilidad de ver a los transeúntes, hacia el occidente donde se pone el sol, los edificios donde tiene acceso a salas, cocinas y algunas habitaciones. Le encanta escudriñar en las dinámicas de las personas, descubrir si parecen hablar mientras cenan, si hacen ejercicio, si se dan abrazos o simplemente ven la tele sentadas desde un muy cómodo sillón. También le gusta ver la decoración, las lucecitas que cuelgan de los balcones, los gatos que se pasean saltando de un lado a otro, las plantas, los cuadros, las cortinas; si tuviera binoculares, a los ojos de quien le descubra, parecería un acosador, o mejor, un detective, para ponerle más estilo al asunto, pero es la pura curiosidad la que lo lleva a observar hasta que le da sueño. A veces acompaña el ritual con una cerveza y un cigarrillo.

Disfruta de los colores que brinda el atardecer rolo, suspira, sonríe y piensa «qué buena vista». Si cambia de habitación puede ver las montañas, siempre ha disfrutado de esos cerros que parecen tan distantes, pero que a la vez son su paisaje diario, esa fotografía que se lleva cuando se va a viajar, el registro de la memoria de su territorio.

Mientras saborea cada instante que configura en fotografías, las personas, los colores, el cielo, los perros que son paseados, los amantes que se despiden, las madres que llegan del trabajo, los que salen en chancletas por el desayuno, piensa en cómo eligió tal ubicación estratégica del centro para poder disfrutar de cada detalle. Recuerda a su abuela pasar horas observando y él acercarse despacio para preguntarle:

—Abue, ¿qué haces?

Para ella responder:

—Viendo la gente, mijito.

En aquel momento no le encontraba sentido, le parecía extraño y aburrido que pasara tanto tiempo en silencio solo mirando.

Recuerda también que cuando fue creciendo empezó a soñar con la posibilidad de darse el lujo de sentarse horas a descubrir la vida a través de la ventana, ahora es el ritual que aprendió de su abuela el que le da vida a cada uno de sus escritos.

Azul
Aguamarina
Índigo
Turquesa

El Portarretrato
Dary Sandra Peña Manrique

Ella miraba con detenimiento la foto. Le decían que estaban todos, pero ella dudaba sobre "quiénes eran todos".

Indudablemente la foto mostraba a tres mujeres muy parecidas entre sí, y a tres hombres, que distaban uno del otro por ahí cuatro años, calculaba. Pero ante sus ojos, algunos de ellos eran desconocidos.

Quería recordar cuándo y por qué tomaron esa foto. Se veía en el centro, con una sonrisa un poco forzada. ¿Por qué tendría esa expresión? ¿Acaso habría tenido algún desencuentro antes de que la cámara captara ese momento?

No lo sabía y se esforzaba por acercarse a ver los detalles. En la foto, todos estaban de pie, pero ella posaba sentada en una silla de comedor de pueblo. Detrás estaba una casa. Era del campo, pensó, pues tenía techos en paja y greda. Las paredes eran altas y blancas, como en bareque. Entre ellos posando y la entrada de la casa se veían unas gallinas y perros. Eso le corroboraba que era la finca.

Vino a su memoria el tiempo en el cual viajaba a su tierra natal, pero no recordaba el nombre del pueblo.

Al ver a los hombres de sombrero, supo que ese día hacía calor, aunque le llamó la atención que lucieran unos como de paño y no de paja.

Las mujeres estaban con faldas largas y negras y con blusas blancas vaporosas, pero ella tenía pantalón. ¿Por qué lo llevaba puesto? ¿Acaso en ese tiempo les era permitido a las mujeres usarlo? Recordó entonces el nombre de Pegasus. Sí, lo trajo a su memoria cuando ella salía montada en él para recorrer los cultivos.

Pero, y ¿por qué recordar el caballo y sentir a la vez una pena, un dolor?

Siguió detenidamente observando cada rostro y se preguntó, ¿quién tomaría la foto?

Si ella estaba en el centro, y ellos eran sus hijos, como le acababa de decir Nancy, ¿dónde estaba su esposo?

Nancy tomó el portarretrato.

Ella decidió preguntar:

—Si ellos son mis hijos, ¿dónde está mi esposo? ¿él tomó esa fotografía?

Nancy, abrazándola, le dijo:

—¿No recuerdas el accidente?

—No. ¿A qué te refieres?

—Ese día, tu marido había salido a traer el ganado, montando a Pegasus. Se hizo muy tarde y empezó a llover. Dicen que fue tan fuerte que los rayos y truenos asustaron a Pegasus que salió despavorido, y en una de las montañas perdió el camino, rodó y cayó encima de Horacio.

Ella empezó a llorar, como si el accidente hubiera ocurrido hacía unos momentos.

Volvió a mirar el portarretrato y desconsolada recordó que la foto la tomaron luego de ir al cementerio a enterrar a Horacio.

¿Y Por Qué me Dejaste Después de Todo lo que Vivimos?

Valentín Guzmán Gómez

Horas tratando de atrapar a ese payaso que lo único que quiere es caos. Estoy seguro de que lo recordás.

Me acuerdo de que me llevabas con vos a comer los crepes especiales de tu mamá, para después jugar con Hércules, o alguno de esos mansitos que traías de McDonald's. Pero eso sí, yo siempre fui tu pana principal.

¿Y tú primo? Sí, el que siempre era Robin. Un bacán. Me imagino que ya está igual de grande a vos.

Después de todo escogiste el buen camino, el del guerrero, con el que antes jugabas y ahora practicás. Nunca me voy a olvidar cuando empezaste a dejarme a un lado, pero eso no te quitó lo noble y lo fiel. Siempre me diste ese lugar especial. Porque a pesar de que me tocó pasar algunos semestres de tu universidad en Cali y vos allá en Bogotá, me llevaste a tu primer trabajo.

Pude ver tus primeros buenos copies, tus frustraciones, tus procesos. Tranquilo que tu secreto siempre estará a salvo conmigo, porque como vos "I'm Batman".

Descifrarse
Catherine Valencia Lidel

Ella es un ser curioso, desde la rareza de sus formas y la alegría de su sonrisa dan ganas de apapacharla, es distraída, amorosa y conciliadora. Cuando se enoja trata de disimularlo, solo que a veces no lo logra porque sus ojos expresan lo que su voz no logra traducir. Sus recargas energéticas son la familia, su abuela que tiene más de un siglo, la naturaleza, ama bailar, el río y el mar.

Ha aprendido a abrazar sus sombras y a viajar hacia adentro para reencontrarse, eso no quiere decir que ya lo tenga resuelto, pero siempre lo intenta.

Disección
Carmen Andrea Rengifo Gómez

Sostengo mis pechos sobre el espejo frío, tu piel abrazadora aplastándose en mi reflejo, embistiendo mi ansiedad. Eras tú; corriendo entre ráfagas en la tiniebla; ahuyentando la bestia con la palabra; cubierto de mártir en la oscuridad; armado de un irreductible y torpe ímpetu.

Me escurría el sabor de tus labios, sollozaba dentro de tu miembro sosteniendo espasmos adoquinados en tu cuerpo fiel, obedeciendo a la frescura de tu saliva y el devenir apresurado de tus dedos.

Me solté apelando a la incompetente decencia, imaginándote entre cuatro paredes y el agua apagando tu fe. Hay días en que tú fuerza toca la puerta; ya el sol se escondió. Es tarde.

El Reloj de Juan
Dary Sandra Peña Manrique

Miró el reloj de pared, ese que le había comprado su esposo cuando fueron a San Andrés.

El péndulo estaba quieto. Las manecillas se habían detenido, y la fecha tampoco coincidía, pero pese a la insistencia de la familia por botarlo, para ella era valioso.

Esa caja de madera le atraía, y en su época armonizaba con los muebles antiguos. Recordó que no solo se trató de una compra por gusto, sino que él le contó la historia acerca del reloj, que había sido un gran avance en la historia de la humanidad. Esa vez, él le dijo que la idea de utilizar las oscilaciones del péndulo para medir el tiempo se remontaba a Galileo y que fue Huyghens quien, en 1657, construyó el primer reloj de péndulo.

Realmente esos datos poco le importaban, pero él se los contaba con tanto detalle que terminó repitiendo la hazaña.

Ahora, el tiempo también se había detenido para ella. Juan había fallecido.

La labor de darle cuerda al reloj se la había heredado tácitamente. Incluso, el cambio de día y fecha eran manuales, así que en febrero siempre tenía que parar el reloj y forzarlo para que no pasara a 29, sino al primero.

Justo pensó que ese año era bisiesto y había olvidado que el cambio debería ser un día después, pero ya no tenía sentido. Solo sabía el día, cuando su hija llegaba para llevarla al control médico. Por lo demás, el tiempo ya no le importaba.

Su cuerpo se había acostumbrado a despertar temprano, se levantaba y antes de bañarse, o preparar el desayuno, rociaba con agua las matas. Lo demás era mecánico. Un paso a paso sin mirar si las manecillas avanzaban. Por eso, a veces almorzaba cuando comenzaba a oscurecer, y notó que pasaba el día sin consumir más alimentos.

La noche era su momento. El silencio, las calles sin el ruido de los carros ni los afanes de la gente.

Hacía unos meses alguien le había regalado un reloj para su mesa de noche, pero lo había donado. El reloj de pared que cada media hora o cada hora se escuchaba desde la sala por toda la casa era su compañía. Era la manera de saber que Juan aún estaba presente. Podían pensar que estaba loca, pero el tiempo ya no lo marcaba por segundos sino por la ausencia de Juan.

Preguntas que Incomodan, Parte 1
Catherine Valencia Lidel

La pregunta ya en su esencia vale la pena ¿qué es importante para vos? Ahora pienso que debería tenerlo muy claro, pero que no es tan así, parece simple, pero tampoco lo es, así que tuve que detenerme, respirar profundo y mirar hacia adentro, preguntarme varias veces, como quien no comprende lo que le preguntan, como si necesitara reafirmar desde el fondo del pecho el asunto en cuestión.

Pienso de una manera egoísta, podrían especular algunas personas, y vuelve la pregunta de aquello importante para mí. En un parpadeo, la primera respuesta puede ser: viajar, estudiar, aprender, sentirme tranquila, trabajar en lo que me gusta, tener tiempo para hacer todo lo que me hace feliz, comer, abrazar, besar, reír, bailar; así que esta respuesta es pensando en mí, en lo que me hace bien, ¿y eso es lo realmente importante? A dónde queda mi familia, mi pareja, mis amigas y amigos, la gente que me rodea que se supone que es importante.

Puedo empezar a preguntarme qué pensarían si no los dejo en el listado de cosas importantes, pero es que ahora mismo, siento que, si no estoy bien conmigo, si no hago lo que me hace feliz, ¿lo importante qué es? Cómo me brindo hacia afuera si no soy feliz con lo simple, lo básico, la cotidianidad.

Tomo aire nuevamente... empecemos de nuevo... ¿Qué es lo más importante para vos? ¿Puedo ser yo lo más importante? Tengo la manía de mi madre, pensar en ella en último lugar, si le queda tiempo, si puede, si le alcanza el día. Y eso me ha llevado en varias ocasiones a poner por delante a todas las personas olvidándome de mí. Por ello creo que, en este momento de mi vida, debo empezar por ese lugar de escucha, de cuidado, de introspección, de sentir y permitirme ser, verme desde la autenticidad de ese ser que a veces oculto de manera inconsciente, o tal vez no tanto, por miedo al juicio, al rechazo, al qué dirán.

Simplemente siento que ahora lo importante es dejarme
ver desde lo más profundo de esta alma que pide a gritos salir,
caminar, correr, cantar, bailar, conocer, crear y amar cada paso
que da con todas sus fibras.

Princesa
Julie Cristina León Rodríguez

Había una vez una joven princesa que vivía en su palacio. Era amada, cuidada y hasta malcriada por sus padres, especialmente su madre que la llenaba de regalos, ropas, juguetes, y cumplía todos sus deseos. Sin embargo, la princesa sentía que no era amada ni reconocida por su familia y en especial por los pobladores del reino.

Un día, la princesa cayó enferma, muy enferma. La noticia se extendió por todo el reino, cada mujer, cada hombre y hasta el más pequeño de los niños se enteró de la triste noticia. Todos en palacio estaban conmocionados, la cuidaban y la servían. Llegaron curanderos y médicos de todos los puntos cardinales, de reinos vecinos y lejanos, pero la princesa no mejoraba y nadie era capaz de entender ni encontrar la raíz de su grave enfermedad.

La princesa, aunque estaba muy enferma, se sentía feliz porque todos la visitaban, le traían presentes, era el centro de atención, y eso hacía que se sintiera cuidada por todos. Por fin era amada como ella se merecía.

Al pasar el tiempo, los días se convirtieron en semanas y las semanas en meses, y la conmoción y tristeza por la enfermedad de la princesa fue cambiando. Se convirtió en costumbre, su habitación ya no se llenaba de médicos, ni visitas, ni regalos, y fue quedando sola y olvidada hasta desvanecerse y fundirse con el palacio, con sus paredes, desapareciendo en el olvido y la soledad, convirtiéndose en el recuerdo de una joven y hermosa princesa que al parecer nunca existió.

Se Fue Para Quedarse
Catherine Valencia Lidel

El amor por algunas personas de la familia es completamente genuino, no está atravesado por el compromiso de querer porque es de la familia, sino por la profunda conexión que genera el vínculo mismo, el abrazo que es un mimo al alma, ir a esa casa porque te sientes bien, porque es agradable llegar, la risa, la charla, el alimento que nos une, el arrocito que no tiene comparación, la aguapanela, esos ojos que te miran con amor y te dan la bienvenida a un espacio de cuidado.

Desde pequeña amé ir a la casa de mi tía, las muñecas, los álbumes con fotos de toda la familia. Me gustaba ver a mis tíos, abuelos y primos en su juventud e infancia, viajar por las historias cada vez que preguntaba: ¿y esta foto dónde fue? La tía siempre fue el refugio donde la sonrisa era la cura.

El 8 de diciembre del 2020 estaba en Villavicencio, a punto de empezar una entrevista colectiva virtual con firmantes de paz. Ya estaba conectada y había saludado a algunas compañeras del trabajo, cuando sonó mi celular y mi respiración se deslizó por el teléfono, era mi primo contándome que la tía se nos había ido.

—Se fue Nelita —dijo entre lágrimas.

No sabía qué hacer, quise correr y gritar, empecé a llorar porque llevaba meses sin verla, cuando salió de la cirugía, una semana atrás, fui a la plaza del 7 de agosto y le compré un paquete de almendras, de esas que vienen recubiertas de dulce, pero no se las llevé, siempre con el miedo de exponerla al contagio del covid. Ahí siguen las almendras en un cajón, suspendidas en el tiempo.

Con la voz entrecortada abrí el micrófono para decir que me era imposible estar en la entrevista, que me disculpaba pero que se me había presentado una situación familiar, no fui capaz de pronunciar la palabra, esto no podía estar pasando, me parecía una pesadilla de la que pronto íbamos a despertar.

Salí inmediatamente para Bogotá y, en el camino, pensé con amor y agradecimiento en ese ser bonito que fue esa mujer para mi vida.

Reina de ojos verdes y azules, de vestidos de colores, azules, rosa, fucsia y aguamarina. De sonrisa que toca almas, de mil muñecas sobre su cama, almendras y caramelos en el bolso, mujer de manos trabajadoras y cariñosas, de sopas y arroces para quien llegara a su casita. De rosas y mariachis, de chistes, apodos y sobrenombres. Verte sonreír al lado de la abuelita siempre fue el mejor de los paisajes, sonrisas cómplices llenas de sabiduría y magia.

Gracias, tía, por tu luz, por tu amor y por esa energía amorosa que tejiste en nuestros corazones. Allá te encuentras ahora con todos aquellos espíritus ancestrales que acompañan y guían nuestra familia y que de seguro deben estar sorprendidos, pero felices de volver a verte.

Tejido Sin Tiempo
Dary Sandra Peña Manrique

Las manos le temblaban. Le habían salido manchas y las venas se le habían pronunciado, pero ella se había acostumbrado a verlas así, porque nunca notó los cambios. Salvo su rostro, con arrugas cada vez más pronunciadas, y su pelo, ahora con más visos blancos, ella se sentía igual a como hacía unos años.

Solo cuando no pudo hilvanar y pasar la lana de una aguja a la otra, tuvo consciencia de que no tenía el mismo control de su cuerpo. Le dio mal genio y dejó a medio tejer la bufanda que esperaba regalarle a su nieto.

Sentada en su sillón, que incluso cuando no lo usaba tenía su forma, miró por la ventana. No pudo ver a los nietos jugando en el parque como lo hacían siempre y, cuando se estaba preguntando si ellos quizás estarían en la escuela, la interrumpió su hija diciendo:

—¿Sabes si Juan regresó de la universidad?

Ella no quiso preguntarle: ¿cuál Juan?, ¿cuál universidad? Solo respondió:

—No lo he visto.

Miró la mesa auxiliar de la sala y vio las fotos de sus nietos pequeños en un paseo a la playa. Se notaba que estaban felices jugando en la arena. A su lado, otros dos portarretratos con fotos de dos jóvenes con toga y birrete, aparentemente graduándose del colegio.

Sintió un vacío en su interior por no recordar ese momento, ni estar segura de quiénes eran los dos adolescentes que portaban con orgullo sus diplomas.

Se acomodó de nuevo en su sillón y recogió la lana, y al observar la línea del tejido notó que se había saltado dos puntadas. Intentó deshacer los nudos con la aguja, pero no lo logró. Suspiró profundo con deseos de llorar, pero no sabía por qué estaba triste.

Guardó silencio, sus manos estaban más temblorosas; comprendió que ya no solo no podía hilvanar su tejido, sino que tampoco podía hilvanar su memoria y todo se le había perdido en el tiempo.

Un Tesoro Topado Entre los Manglares
María Santos Zamora Valencia

Y allí estaba, esperando día tras día. Mirando hacia la vegetación exuberante, aguardando a que regresara mi mascota. Un día, Moiss desapareció de este armonioso paraíso sin dejar rastro. Así como llegó, se fue de mi hogar. Yo vivo en medio de la naturaleza, es un lugar donde cada día descubres las maravillas que te brinda. Fue allí donde conocí mi mascota.

Yo estaba en mi casa, ubicada a pocos minutos de una de las bocanas del río Naya. Era acogedora, estaba construida de madera de mangle sobre horcones robustos que se adentraban en el fondo del agua. Sus paredes y piso eran de guayacán; y el techo trenzado en palma seca, el cual resistía firme y seguro cuando la tempestad proveniente del mar lo acariciaba con la furia de la naturaleza. Desde la azotea de mi casa podía ver un espectáculo, cuando estaba brillando las ollas o tirando el anzuelo de pesca. Era el sitio propicio para apreciar cantidades de plantas y animales entre los árboles de mangle.

Me encantaba fijar la vista en la hermosa plantación, con raíces entrelazadas como si fueran dedos que parecían abrazar las aguas, con sus ramas inclinadas y extendidas como haciendo reverencia hacia el cielo. Un oasis donde el tiempo parecía detenerse. Allí me sentía como en un remanso de paz. Había tanto por admirar que, en mis ratos de soledad, cuando no tenía con quien jugar, miraba por las rendijas de las tablas, por donde veía pequeños peces nadando en dirección hacia las raíces del manglar, de donde se deslizaba una quebrada de agua dulce que era empujada por la fuerza del mar dejando el agua salobre. Los cangrejos y las jaibas salían de las aguas, adentrándose entre los árboles, mientras que los piacuiles yacían incrustados en el raicero como si no se movieran. Lo que más me gustaba ojear era la danza de los pelícanos clavándose en picada en busca de alimento.

Al día siguiente de la puja, yo estaba como de costumbre en mi lugar acogedor y confortable, disfrutando de la belleza, la tranquilidad y sintiendo el olor a mar, mientras bajaba la marea, cuando vi algo moverse entre las ramas de los guardianes de las aguas. Al principio no pude distinguir qué era, pero luego me di cuenta de que era un gurre. Desde donde estaba no podía divisarlo bien. Me cuestioné y pensé: «pero baraste, ¿un gurre por estos lados?». Llamó tanto mi atención, lo miré con curiosidad. Luego, el gurre perdió el equilibrio y cayó. Entre el vaivén de las aguas, trataba de aferrarse a una rama. Así que cogí un canalete para rescatarlo de las aguas, lo entré a la casa, donde se lo mostré a mi hermano y a mi mamá. Desde ese día lo adoptamos como la nueva mascota de la casa. Lo llamé Moiss. Siempre estaba a mi lado. Terminé amándolo con todo mi corazón. le daba de comer, lo bañaba, andaba libre por la casa. Mi amor por él nació entre los manglares que actúa como barreras protectoras. Y en eso me convertí. En su protectora.

Un día enfermé. Me llevaron al hospital, pero Moiss no pudo ir conmigo. Estando allá sólo pensaba en que lo estuvieran cuidando bien. Cuando regresé a casa, observé que la reja de la entrada estaba abierta de par en par Entonces, salí corriendo a buscar a Moiss, pero ya no estaba. Desde aquel día no he podido saber de él.

Después de tantos días de espera frente al manglar, finalmente comprendí que mi querido Moiss no volvería. Lloré recodando nuestros bellos momentos. En aquel momento apareció un gran pez, nadando y juguetón. No podía creer lo que veía, y pensé: «pero baraste, ¿un Bujeo por estos lados?».

Blanco
Crema

Detrás de la Ventana
Dary Sandra Peña Manrique

Yo estaba tras la ventana, inquieto, ansioso, buscando abrigo, alimento, pero apenas podía moverme en esa jaula de un lado al otro, montándome encima de más cachorros.

Cuando el niño entró a la tienda, sentí que él también estaba inquieto, ansioso y buscaba abrigo. Esa fue la conexión, y entonces batí mi cola y tímidamente ladré. Los dos nos hicimos uno. Jugamos, crecimos, nos volvimos cómplices, amigos...

Pero, yo extrañaba a mis hermanos, no me acuerdo cuántos éramos, y también extrañaba a mi madre. A veces me echaba en la sala a chupar una cobija, como si estuviera amamantándome, y recordaba cuando nací en la manada. Nos llevaron al local para exhibirnos. Parece que los compradores siempre están buscando mascotas, pero a veces solo las tienen por un rato y luego las dejan todo el día solas en sus casas. Por fortuna, mi familia no era así.

Desde que llegué al hogar, me tenían cama, comida y agua. Mi niño jugaba mucho tiempo conmigo. Me quería enseñar a traer una pelota o un hueso. Al principio no lo entendía, pero poco a poco encontré el placer de ir a traer los objetos que él me lanzaba.

Cuando salíamos a la calle, no me separaba de él. En los primeros tiempos me llevaba con una correa, pero pasados varios soles, ya me dejaba suelto y yo nunca me separaba de él. Creo que era mi instinto, para evitar que otra vez me llevaran a un local y otro me comprara, o quizás, me perdiera, no lo sé, pero lo cierto es que no me separaba, salvo cuando vi esa tarde a una cachorra que me saltaba e invitaba a jugar. Mi dueño, ya adolescente, sonrió y me dijo que corriera tras ella, pero que él me vigilaría. Siento que fue cómplice en mi atracción.

Las tardes, me las pasaba echado y jugando con alguno de los juguetes que tenía. Y, cuando regresaba mi dueño, él también se echaba en el sofá a leer y a escuchar música.

Pasaron muchas lunas, y épocas de frío y calor. Ambos seguíamos muy unidos y me acostaba en sus pies, para acompañarlo en las noches, mientras él hacía sus tareas, y por fin, cuando se iba a dormir, yo me iba también a mi cama, que, por suerte, un día la dejaron poner en su cuarto.

Hace un tiempo sentí que mamá tosía mucho. Papá estaba preocupado y mi dueño no dejaba de pedirles que fueran al médico y no siguieran con esas hierbas, que a mí me olían delicioso.

Entonces, la casa comenzó a estar vacía. Mi dueño se iba al colegio, y sus padres ya no estaban.

Por la ventana veía pasar a otros perros. Les ladraba para que me invitaran a salir, quería jugar, pero me ignoraban.

Echado en la sala sentí su olor. Me acerqué a la ventana, pero no lo vi. De pronto, él abrió la puerta. Le salté, le batí la cola, pero solo me tocó la cabeza, colgó su chaqueta en el perchero y se echó en el sofá.

Yo hice lo propio y comencé a chupar mi cobija. Sentí que mi amigo extrañaba a alguien. Ambos estábamos conectados por la nostalgia. Mi dueño me miró y me contó un secreto:

—¿Sabes que a mí también me escogieron detrás de un vidrio?

No lo entendí, pero dejé que él hablara.

—Sí, eso me dijeron mis padres. Que se enamoraron de mí solo al verme en la cuna. Que los miré y les extendí los brazos y, entonces, ellos allí me adoptaron.

Te preguntarás si eso me duele. La verdad, a veces siento un vacío interno por no saber quién fue mi madre, ni por qué me dejó en ese orfanato, pero ahora, me siento feliz de tener unos padres y tenerte a ti, perro canchoso, bandido, mi compañero fiel.

Le batí la cola, dejé de jugar con mi cobija y me acerqué a sus pies.

—Y, ¿por qué te digo esto hoy? Porque vengo del hospital. Papá estaba llorando, y mamá apenas me abrazó y me dijo que nunca hubiera cambiado ese momento en que le extendí los brazos para que me escogiera.

Seguí sin entender: ¿qué hospital?, ¿qué había pasado?

Se levantó del sillón... Me trajo una galleta, pero esta vez no le batí la cola, ni salté emocionado. Dejé que se sentara y le puse mi pata en su mano, no para coger la galleta sino para lamerlo... Era mi manera de decirle que lo quiero y que no esté triste.

Entonces, me dijo:

—Yo nunca cambiaré tampoco el momento en que me elegiste. Ahora seremos dos sarnosos, sin madre, añorando lo que no fue nuestro.

Mi Nuevo Amigo
Julie Cristina León Rodríguez

Qué oscuro, frío, vacío y duro está aquí. No recuerdo desde cuándo ni cómo llegué aquí, creo que fue hace un largo tiempo.

Me mezo, lenta y rítmicamente, casi como un arrullo. ¡Cuántos sonidos!, un fuerte y metálico rugido, un largo aullido, un suave viento, y melodiosa música. ¡Qué hermosa voz! Quisiera ver todo eso que escucho, nunca había escuchado tantas cosas, tantas voces.

¿Qué? ¿Qué es eso? ¡Qué olor!, ¡qué dulzura!, ¡qué embriagador! Quiero salir, quiero ver todo eso que se mueve alrededor, probar, lamer, morder. Pero no puedo, está muy bien cerrado. Tal vez con mis uñas, ¡sí, eso es! mis uñas tal vez me ayuden, quiero salir ahora.

—Sshhhh.

¿Quién me silencia? ¿Quién me dice que haga silencio? Todo se detiene, todo ha parado y sólo escucho ese sshhhh largo, suave y bajito. Estoy cansado, mis ojos se cierran, no quiero dormir, pero ahora hay tanto silencio, y el ambiente se siente cálido. Tal vez sólo cierre un poco los ojos y descanse.

¡No! Me quedé dormido. ¿Qué? Veo luz, veo un poco de luz que se cuela por esta rendija. Escucho voces, pies corriendo. Se acercan, gritos, ¡no! Tengo miedo, me sacuden.

—¡No lo sacudas nena! Puede romperse —dice una voz gruesa pero amorosa.

Y, ¿qué quiere decir con eso de romperse? ¿Hablan de mí? ¿Qué pasa? Han abierto una puerta, la rendija ahora es como una ventana, hay mucha luz, me enceguece. Alguien me toma, tal vez tenga que defenderme con mis garras o mis dientes, pero ¿qué?, qué bien se siente esto, me gusta y se siente bien, sí, ahí, en mi cabeza, en mi barriga, me gusta.

—¡Es hermoso! —dice una voz chillona y dulce que viene de la pequeña criatura que me carga, me abraza, me mece, me besa y me acaricia—. ¡Gracias, papá!, lo llamaré Pelusa, mi hermoso amigo nuevo.

—Y pensar que en la fábrica de donde salí decían que yo sólo era un bulto de tela relleno de algodón.

Siempre Presente
Catherine Valencia Lidel

Ya han pasado ocho meses y aún me cuesta pronunciar su nombre, de mi muñeca izquierda cuelga una pulsera que tiene su foto, fue un regalo de mi hermana para mi cumpleaños número treinta y siete, que fue en el mismo mes en que decidió partir. Hablar de él en casa de padre y madre es abrir una puerta a las lágrimas, no hemos logrado asumir que aquel ser peludo de cuatro patas que llegó a nuestras vidas hace doce años ya no está.

Tengo muy presente el día del flechazo, fui a la finca de mi tío a ver a los perritos que habían nacido, no tenía intención de enamorarme de uno, ni de que resultara en casa de mis padres, acababa de llegar de Argentina y estaba de paso, así que ese amor canino no estaba dentro de mis planes. Lo vi escondido debajo de un carro, asomó tímidamente su hocico y salió corriendo hacia mí con sus grandes orejas, era un pastor alemán bellísimo. En ese instante me dio algo en la panza, parecido a esas mariposas de las que tanto hablamos en el amor. Lo más bonito fue sentir que ya lo conocía, y que ese momento era perfecto, una sensación sublime me abrazó y me di a la tarea de convencer a padre y madre de que ese perrito nos había elegido. No fue sencillo, pero lo logré, semanas después lo llevaron de la finca a la casa de ellos que queda al sur de Bogotá, yo estaba derretida de amor, quería cuidarlo, enseñarle, jugar con él y que fuera una linda compañía para la familia.

—Fuser, así se va a llamar —dije cuando nos lo entregaron, mi papá me miró y preguntó:

—¡Ah! ¿Cómo el Che?

Inmediatamente todas las personas de la casa sonrieron y les dije:

—Sí, Furibundo Serna.

Salir a caminar con él por el barrio se convirtió en todo un ritual, era la sensación, tenía un pelaje majestuoso, unas orejas gigantes y una mirada conquistadora. A medida que fue creciendo inspiraba ternura, pero también miedo, parecía un oso por su tamaño y su imponencia, daban ganas de acariciarlo, pero a la vez no, las personas se acercaban tímidas y curiosas de su reacción, y él hacía de todo menos lastimar.

Aunque estuve muchos años ausente, luego de haberle dedicado ocho meses a su crianza, cada vez que regresaba a casa me saludaba con ese amor canino que llena de alegría el corazón. Siempre con la intención de que le rascara su panza y le tocara ese punto que le hacía mover muy rápido su patita trasera izquierda, como una forma de demostrar que ese mimo le hacía muy feliz.

Amaba sentarme a escribir, leer o mirar alguna peli con él ahí al ladito, como un guardián de la vida y también de los sueños. Lo subía a la cama a escondidas de mi papá para mimarlo y apapacharlo, él siempre entregado a cada caricia. Sentía una conexión profunda al mirarlo a los ojos, era comunicarme con un alma vieja que en otra vida ya me había abrazado.

Una planta, una fotografía y una huella en arcilla reposan sobre una mesa en el antejardín, allí entramos y lo saludamos, como si esa energía aún caminara en cuatro patas por la casa. Una nostalgia nos invade y una suerte de protección nos abraza para decirnos a través de su retrato: ya no estén más tristes, acá estoy.

Suave Recorrido
Julie Cristina León Rodríguez

Tibias, suaves y lentas recorren su camino, llevando consigo tristezas, alegrías y furias, imposible detenerlas, aunque así lo queramos, aunque a la fuerza intentemos, parecen tener vida propia, danzan en la oscuridad, trémulas, tímidas a veces, otras: vivaces, ligeras, refulgentes a la luz del radiante sol.

Cuando comienzan su camino, parte de ti se libera, incluso, pierdes peso, pero no ese peso odioso que con números te clasifica y te marca. No, el peso que pierdes es más profundo, del alma, de dentro, es una pérdida liberadora, acogida por la tierra, fruto de tu alma y semilla del futuro.

Déjalas correr, déjalas danzar, permíteles salir y al ritmo de tu alma dar calor a tu rostro, enjugar tus dolores y avivar tus alegrías. Déjalas ser el escape de tu corazón y el espejo del otro, porque cuando se vayan, no sentirás tristeza, ni añoranza. Estarás más liviano, habrás sembrado en tu presente la libertad de tu futuro.

Cobre
Ocre
Marrón

Carraca
Carmen Andrea Rengifo Gómez

La caries creó una placa verdosa oscura, el moho le carcomió los dientes delanteros.

—Yo tengo un puente guardado en casa, es de mi marido, se lo quité cuando lo mataron porque la incrustación es de plata, está a la orden.

Se encajó el puente, fue como si lo hubieran hecho a la medida de su boca; ni le sobraba, ni le faltaba.

Se puso contenta por sus dientes nuevos, esa tarde los exhibió por todo el pueblo. Por la noche se fue a dormir feliz porque dejaría de ser la mueca; dos carracas corren por un callejón oscuro, cada quijada carga un diente. Se despertó. Tiró el puente por la ventana.

La Casa de la Fuente de Piedra
Andrés Henao Arango

Es jueves, y Ovidio camina por la angosta acera de un barrio central de la ciudad señora. Como ha desarrollado la capacidad de calcular la hora de una manera precisa analizando rápidamente las actividades realizadas desde el momento en que se levantó, el movimiento del comercio en la calle y la posición del Sol, deduce que son las nueve de la mañana. Él utiliza el andén del lado de la sombra, disfrutando de la brisa fresca, siempre que esté disponible. Mientras se mantenga en la sombra se siente pleno, ni siquiera lo afecta el ruido de la calle congestionada. Sin embargo, siente el fuerte reflejo del sol en las paredes blancas al otro lado de la calle, sabe que, aunque es temprano, es evidente que el día promete ser muy caliente.

Cruza la calle y llega a la casa de la madrina de su padre, doña Trinidad, una señora mayor, la única mujer de una familia de siete hermanos. Ella fue la encargada de mantener todo en orden en el hogar bajo los preceptos de su estricta madre, y fue heredando las responsabilidades, pero no los privilegios. Con el tiempo, sus hermanos se fueron marchando de la casa, su madre murió de un cáncer terrible, y quedó al cuidado de su padre, don Eduardo, hasta que él encontró su final, luego de un largo y desgastante problema cardiaco.

La casa, durante la juventud de Trinidad, mantenía un aspecto digno. Pero su padre, un farmaceuta poco conocido, se enfermó iniciando su madurez, quedó incapacitado para ejercer su profesión, y vio como sus ahorros y capital se iban consumiendo poco a poco.

Trinidad no terminó el bachillerato, en su época no era requerido. Su madre, aunque nunca se lo dijo directamente, le dio a entender que no se casaría y que para cuidar a sus progenitores no requería de muchos estudios. Eso sí, aprendió a cocinar y a coser vestidos prodigiosamente, y de forma autodidacta se convirtió en una excelente sastre. Y con el pasar del tiempo su oficio fue su fuente de sustento, de una forma humilde. Y aunque trató de proyectar a las demás personas la apariencia de un mejor estilo de vida, nunca lo logró, porque era percibida aún más pobre de lo que en realidad era. Pero esa situación no afectó su orgullo ni su posición social, por lo cual había luchado toda su vida.

Ovidio toca a la puerta de la casa, cuatro golpes fuertes seguidos para garantizar ser escuchado, sabe que la sordera de doña Trinidad cada día se incrementa. Espera impacientemente durante unos minutos, recibiendo el fuerte sol de la mañana, atrás quedo el momento de felicidad de la sombra. Ahora, todo el cuerpo le empieza a picar, y siente como lentamente se empiezan a formar gotas de sudor en su espalda. Entonces, escucha un grito que parece venir del fondo de la casa. Un grito profundo, con la agonía y la desesperación de una persona a la que le falta el aire. Es doña Trinidad diciéndole que ya va a abrir. La sensación del tiempo se extiende por la eternidad hasta que Trinidad abre la puerta, y se terminan su angustia y su desesperación que inmediatamente pasan al olvido, como si nunca hubiesen existido.

Ovidio es conducido por un largo corredor oscuro, estrecho e incómodo, resultado de la última intervención de la casa. Originalmente la construcción tenía diez habitaciones, dos salas, un comedor, tres patios —uno de ellos con una hermosa fuente en piedra—, dos baños, y una gran bodega. La decoración sobria y de buen gusto de aquellos años generaba un agradable y sofisticado ambiente. De esos buenos tiempos ya no quedaba nada.

La casa, cuarenta y tres años antes, había sido dividida en dos viviendas de similar tamaño por un arquitecto local que puso todo su empeño para realizar la labor, tratando de mantener algo de la esencia de la magnífica construcción. esa decisión fue tomada por don Eduardo, cuando el cáncer invadió a su esposa, con el fin de vender una de las casas, y con el dinero financiar un tratamiento en el exterior, y salir de algunas de sus deudas.

Cuando Don Eduardo murió, Trinidad heredó la casa, porque sus hermanos no aparecieron ni siquiera para reclamar parte de la propiedad. A Trinidad, la costura no le alcanzaba para sus gastos, y fue cayendo en la desesperación de las deudas, lo cual la obligó a realizar nuevas intervenciones a la casa, esta vez sin ninguna asesoría, sin ningún cuidado y, sobre todo, sin un peso. Inicialmente convirtió dos habitaciones que daban a la calle en dos locales comerciales, en los cuales se ubicaron una tienda de venta de telas y un almacén de finas porcelanas. Con el paso del tiempo, la calle se fue comercializando, el barrio se volvió más popular, y llegaron los vendedores y mendigos que se apoderaron del andén. El local de porcelanas terminó convertido en un restaurante barato donde se vendían almuerzos, y el almacén de telas se transformó en una panadería con un mostrador en la entrada donde se fritaban buñuelos todo el día, y el olor de la grasa se mezclaba con el olor del queso costeño; y se escuchaba, hasta las tres de la tarde, la voz de un payaso, mal caracterizado y con un disfraz sucio, amplificada por un megáfono.

El último cambio que realizó Trinidad fue para hacer un apartamento de dos habitaciones, un baño y la cocina en la parte de la casa que aún era de ella. El apartamento lo arrendaba, y le permitía subsistir en una forma medianamente decente, cuando la vejez no le permitió trabajar de forma continua como costurera.

Debido a todas estas transformaciones, la parte de la casa en la que vivía Trinidad tenía un corredor eterno que llegaba a una sala ubicada en lo que antiguamente era una habitación relativamente pequeña. Las puertas estaban mal posicionadas en el centro de las paredes, el baño tenía un tamaño muy parecido al de la sala, la cocina era pequeña y oscura, y era necesario atravesarla para llegar a las habitaciones, sin duda, una casa terrible.

Ovidio pensaba en el sufrimiento que podría sentir la casa después de vivir una juventud tan opulente, y terminar con una vejez tan miserable, empobrecida y mutilada. Pensaba que, seguramente, la casa preferiría haber quedado abandonada o, aún mejor, ser demolida. La casa tenía las paredes deterioradas, el techo con humedades, y en los ángulos de una de las ventanas se podía observar que la construcción se estaba hundiendo en una de las esquinas. La pobreza de la casa era tan evidente como la de la dueña, sin embargo, la limpieza de la casa era sobresaliente. Los pisos remodelados setenta años atrás tenían un color rojo fuerte y el olor penetrante de la cera en pasta, y un brillo especial que solo se obtenía con la dedicación continua, casi religiosa, de restregar un brillador en el piso. Independiente del triste destino y de las desventajosas cirugías sufridas por la casa, la construcción logró conservar parte del encantador patio central, con un corredor y la fuente de piedra.

Ovidio, como de costumbre, había comprado un pan aliñado, mediano, recién salido del horno, del cual brotaba un delicioso olor que sin duda era un gusto de dioses. Sabía que doña Trinidad le agradecería por el pan, le preguntaría por su padre y le ofrecería café, se sentarían en el comedor y tendrían una conversación rutinaria, casi pactada, donde se puede predecir las preguntas y las respuestas. Después de un rato, doña Trinidad lo iba a invitar a almorzar, teniendo en cuenta que era jueves, no tenía duda que cocinaría sancocho de pollo. Después del almuerzo se tomarían otro café, y él regresaría a la calle a continuar su búsqueda de trabajo. Definitivamente, no era mal negocio, un almuerzo por el valor de un pan, y tenía la oportunidad de conversar con la vieja amiga de la familia y, lo más importante, podría disfrutar de un maravilloso instante de soledad.

Las visitas de Ovidio a doña Trinidad eran semanales, y mientras ella preparaba el almuerzo, él le pedía permiso y se desplazaba al patio central, se sentaba en una antigua silla mecedora de madera, y se quedaba mirando la fuente de piedra desgastada, medio destruida, invadida de lama verde oscuro. Aunque la fuente había dejado de funcionar hacía más de tres décadas, mantenía agua estancada de lluvia que generaba un fresco olor a tierra. El patio tenía una increíble ornamentación de flores de diversos colores, donde sobresalían quince orquídeas que eran posiblemente el objeto más preciado de Trinidad. El corredor del patio estaba protegido en la sombra, mientras que el sol daba con toda su intensidad en la fuente y en las orquídeas, resaltando sus colores morados, púrpuras y violetas que contrastaban con el fondo verde oliva de los helechos que no permitían el reflejo de la luz.

Ovidio analizaba las distintas sombras generadas por las plantas, las columnas de madera del patio, y las siluetas que marcaban las tejas en el piso. Por lo general, una pareja de pájaros amarillos recorría el patio, y en ocasiones se bañaba en el agua de la fuente. Ese maravilloso tiempo, aproximadamente media hora, era el momento de escape de su realidad, un espacio de tranquilidad y reflexión. Era un pequeño, pero a la vez infinito universo que no compartía con nadie.

Ovidio no fue un estudiante sobresaliente en su juventud, era una persona inteligente, pero le faltaba disciplina y constancia. Observaba el mundo como un espectador, como si estuviera viendo una película, cómodamente sentado en un cine, sin tener que sufrir por las decisiones de los personajes. Él solo miraba como se desarrollaba la trama, como aparecían y desaparecían los personajes, manteniendo una pasmosa tranquilidad que no le generaba ni grandes alegrías, ni terribles tristezas. El mundo fluía como debía ser y eso lo conformaba. Evitaba los compromisos y las decisiones con una contundencia absoluta. No tenía la menor intención de direccionar su vida, esa responsabilidad se la dejaba a los que lo rodeaban, a los que lo influían, desconociendo completamente al guionista de su vida.

Le gustaba mirar las construcciones, analizaba sus características, como si fueran un ser vivo, como si tuvieran espíritu. En particular disfrutaba recorriendo los edificios antiguos, los sentía como una vieja alma, como unos observadores experimentados que permanecían en el tiempo y que veían pasar experiencias, personas, historias, de una forma callada y pasible. Él se identificaba con estos grandes objetos manipulados por los hombres, que después de construidos obtenían su propia esencia.

Donde doña Trinidad, por instantes, lograba comunicarse con la casa, la comparaba con su situación. Él sentía la incapacidad de direccionar su vida, como la casa era incapaz de decidir su destino, ambos solo observaban impávidamente, esperando lo que sucedería.

Mientras Ovidio observaba el patio con su encantadora fuente, el tiempo pasaba de forma relativa, aunque en la mayoría de las ocasiones avanzaba rápidamente. Ovidio disfrutaba de todos los momentos hipotéticos de tranquilidad que le generaba el fresco y acogedor ambiente. Se imaginaba en la vida que siempre soñó, acompañado de las personas correctas, en un mundo ideal que justificaba todas sus decisiones, y se sumergía en la satisfacción del deber cumplido.

Solo se despertaba de ese trance cuando doña Trinidad lo llamaba para almorzar. Ovidio, con desconsuelo, abandonaba la incómoda silla de madera y pasaba al improvisado comedor con total resignación. En muy pocas oportunidades el tiempo transcurría lentamente, y tenía la impresión de estar encerrado en ese espacio. Lo ahogaba una angustiosa nostalgia que generaba un ambiente denso y pesado, sentía que el aire era insuficiente e inalcanzable, como si tuviera que morderlo, y se encontraba con sus más oscuras inseguridades y su más depresivo desconsuelo.

En las contadas situaciones en las que vivió esta situación, abandonaba la casa antes de que doña Trinidad le avisara que estaba listo el almuerzo, se inventaba una excusa tratando de que fuera lo más convincente posible, normalmente relacionada con la salud de su madre, y abandonaba el patio a un paso acelerado, con su rostro pálido, como si hubiera visto un espectro, como si hubiera visto su propia alma en pena deambulando por el patio con la duda de saber si estaba vivo o muerto.

El almuerzo se desarrollaba de forma serena, la comida había sido preparada con ingredientes sencillos y ordinarios, pero la sazón de doña Trinidad era exquisita, cualquier sopa, o guiso, tenían su sello personal, un sabor intenso, un olor penetrante que hacía viajar a Ovidio a diferentes momentos de su existencia. Él miraba con interés la antigua y fina vajilla de porcelana china, de bordes astillados y deslucida por el continuo uso, que contrastaba con un vaso de plástico color amarillo mostaza, donde le servían jugo de guayaba en agua, medianamente endulzado. Ovidio identificaba a este jugo como su compañero más fiel durante el recorrido de su vida. El postre era brevas o papayuelas cuidadosamente caladas en una receta heredada de la madre de Trinidad.

Los temas de conversación eran repetitivos, les encantaba hablar de los viejos tiempos como si no hubiera posibilidad de momentos mejores, como si no existiera esperanza en la raza humana, veían a sus conocidos condenados al fracaso. Analizaban como sus vidas se iban degradando hacia la desdicha total, y competían para generar la profecía más decepcionante. Por último, tomaban el café amargo, negro y bien cargado, buscando conciliar un mejor tiempo venidero, como cuando un barco ha pasado por una tempestad y logra salir encontrando el mar en calma. Entonces, la conversación llegaba a un momento plano anticipando una despedida conciliada.

Finalmente, Ovidio se despedía de Trinidad de forma rutinaria, y aunque se veían semanalmente, la identificaba con una habitualidad diaria, permanente. Recorría el largo e innecesario corredor hacia la puerta de salida de la casa. En la calle, se alegraba de que la sombra estuviera hacia el sector del andén de la casa de doña Trinidad. Aunque el fuerte reflejo del sol en una pared verde pálido de la edificación del frente lo enceguecía momentáneamente. Por su cabeza pasaban dos pensamientos, que era otro día en que no había conseguido trabajo, y que era hora de regresar a su verdadera casa.

La historia Inconclusa
Catherine Valencia Lidel

Miró su reloj, ya era hora de salir. Observó por la ventana y le pareció maravilloso el tono naranja que pintaba la ciudad. Sintió que sería una tarde mágica, aunque realmente no tenía planes. Salió del edificio con las ganas de querer caminar enredada entre pensamientos. Algo le impulsó a irse en dirección al sur por una de sus calles favoritas. Disfrutaba de los rostros que se cruzaba, el olor de las arepas en las parrillas de carbón, las ventas de cositas mil que prácticamente cubren el suelo como un tapiz. Siempre le han llamado la atención los puestitos de antigüedades, pero nunca se anima a comprar, suele observar de lejos. Ese día en particular le llamó la atención un cofre, aunque no lo necesita. Se distrae mirando hacia el lugar donde supone que vive ese ser que tanta curiosidad le causa, siente algo de nostalgia porque sabe que esa amistad no será y se hace más profunda porque nunca supo el por qué, suspira y le llegan unas ganas locas de escribirle, por suerte, la persona del puestito se acerca y con una voz suave le dice: ¿le gustó el cofre? Llévelo, en él están las respuestas que busca. Y con esa frase quien duda en la compra, sonríe mientras piensa: estas son las cosas que solo pasan en esta calle, busca un billete en el bolsillo del *jean* y paga el misterioso objeto.

Siente ganas de abrirlo, pero decide dejar el resto de la magia para más tarde, lo pone con cuidado en la mochila que siempre lleva cruzada, se despide, agradece y sigue caminando. Siente en sus cachetes el frío de la tarde, disfruta de la amalgama de energías, el arte, el humo de cigarrillo, de comida y de cositas varias, disfruta de las luces que empiezan a encenderse, observa las personas, la que es amiga de lo ajeno, la que se rebusca, la que pinta, la que vende, la que ofrece, la que observa igual que ella, cada ser tan único y tan enigmático, eso también le gusta, la diversidad de sabores, formas, algunas texturas ásperas y otras tan suaves como una seda de medio oriente.

Camina con la expectativa de encontrarse a alguien, así sea para saludar con la mirada, pero nada, todos los rostros le son extraños a su universo. Observa el cielo y nota que hay luna llena, se ve tan grandiosa detrás de los cerros.

Va a seguir caminando cuando siente una mano en el hombro que le llama por su nombre, voltea buscando el rostro que le ha hablado, se queda sin respiración, no puede creer que ese encuentro esté pasando.

Gris

Niebla
Carmen Andrea Rengifo Gómez

El eco chirriante de una moto le empujó los ojos; miró despacio el árbol oscuro atravesado por la luz electrizante y las nubes que flotaban por encima de la anémica pared. En la mano izquierda reposaba parte de su cara. Adivinó la silueta que se asomaba en la cortina blanca de hilos y huecos: un pavorreal desnudo surcaba las hojas amarillas perturbado por la ventisca. Escuchó voces, como un cuchicheo, y uno que otro sonido de motores oxidados. Un hilo cortante se le escurrió entre las piernas, quiso taparse, pero no tuvo fuerzas para moverse. No sintió angustia; se quedó mirando las hojas descolgadas. Intentó reconocer dónde estaba.

El cielo se cubrió con un estruendo súbito: un avión rozó el techo; las paredes vibraron; la cama caminó hasta pegarse a la ventana. Se miró las uñas pálidas, dobladas como las de un águila; quiso atraparlas en el chasquido que tanto lo fastidiaba a él, tampoco pudo. No sé angustió, sólo parpadeaba preguntándose si aquello era un sueño. Escuchó más voces, como un susurro lejano y el ruido de la puerta metálica a cuentagotas; dos personas se detuvieron cerca de su cuerpo; supo que una era mujer por los dedos escuálidos con los que le abrigó las piernas. La otra movió varios cajones, eso creyó. El silencio la sorprendió y aun así no se angustió. Luchaba contra el peso aplastante de los ojos; no quería cerrarlos, se negaba a irse sin saber dónde estaba, sobre todo sin saber si volvería. Los párpados se movían lentos, cada vez más allanados. Se detuvo en las callosidades de su mano; reconoció el silbido de un pájaro, para ese momento no sabía si soñaba o lo oía. Se quedó en el temblor de su corazón.

Pálpito
Carmen Andrea Rengifo Gómez

En su momento llegó a odiar los sonidos ajenos que se metían en sus cobijas. El duermevela se interrumpía con el ronquido de los pájaros que se turnaban en el alba. Se preguntaba qué clase de animal podía vibrar por encima de las hojas con tanta fuerza. Los tapones que se compró se fueron acoplando al pálpito cadencioso asomado desde el pecho, y en ese cruel ahogamiento metálico entre su respiración y la nada, decidió abandonarlos. Sin proponérselo, aguzó el oído. Una noche, detrás de sus pensamientos, intuyó un resoplar aletargado, consistente y débil. Con el pasar de los días tuvo curiosidad por saber de qué color eran los ojos del hombre que detrás de su cama se lamentaba a diario, en las noches; inhalaba con tanta dificultad que se tragaba el aire de toda la habitación y traspasaba a su cuarto la pesadumbre y los delirios expandidos desde la almohada. De vez en cuando, la mujer que lo acompañaba, con voz cansada, parecía abrazarlo. Ya está bien, calma, le decía, y el quejido se desvanecía en la penumbra.

De madrugada, después de beber varias copas, se echó en la cama en un sueño asfixiante; el crujido de un catre escurridizo se le metió al cuarto; una voz delgada lloraba, rogaba que la dejaran salir y cada vez que lloraba se quedaba sin aliento. Se despertó con la fijación de que aquella persona corría peligro; pegó el oído en la pared. El viento batía las hojas y aquel silbido del aire era lo único vivo en el ambiente. Corrió hasta la puerta con un fervor que la empujaba desde los talones. No pudo abrirla. Pensó en llamar a la policía; recordó que la última vez que lo hizo la dejaron esperando. Azotó la puerta una y otra vez, hasta que una mujer la abrió: ¿Qué pasa Teresa? Es que hay una persona muriendo en el cuarto del lado, dijo en tono delgado. La mujer sonrió como lo hacía cada vez que Teresa deliraba.

Ruinas
Carmen Andrea Rengifo Gómez

Para el momento en que fue desechado, lo único que le quedaba, después de dos décadas y la vida a punto de perderla en varias ocasiones, era un bulto de exámenes y recetas médicas. Se enfermó de todo cuánto jamás escuchó que existía; desde el murmullo del río atosigándole el oído, hasta el zarandeo intempestivo que no espantaba ni en sueños; años ahorrados en dolores: toses agrias al amanecer, secreción lumbar, migrañas en los dedos, muelas reventadas y el ahogo incandescente en las noches. Su cuerpo no revelaba la entropía que se cocía tripas adentro.

Para el momento en que fue desechado, lo único que le quedaba después de dos décadas era el recuerdo, como un fantasma, del primer día en el que cedió la vida. Dos décadas después, le costaba pronunciar su nombre sin la muletilla, la marca registrada del lugar del desahucio.

Túnel
Carmen Andrea Rengifo Gómez

Habían pasado varios meses desde la última vez que sus pies agitados la sacaron del insípido sueño. Era el anuncio de que el mal mayor retornaba a casa. El pálpito se negaba a desaparecer hasta que volviera la cura que viajaba en barco hacia los confines del mundo. Le advirtieron que era muy pronto para dejarla ir, pero se empecinó en que el aleteo había quedado enterrado. Infeliz; en las noches se amarraba trapos en los pies que de nada le servían. Creó un mecanismo para atajar el incesante golpeteo: una cavidad enyesada pie sobre pie que se calzaba con sumo cuidado, so pena de que los calambres se despertaran. Pudo controlar la rasquiña del aire, por unas semanas. Antes de cumplir el mes, el mal mayor era el menor de todos. Algunas venas se estrangularon de tanto yeso y explotaron bañando la cama de un líquido pegajoso, otras desaparecieron y con ellas la piel se difuminaba. Tuvo que deshacer el entuerto. Para ese momento, la tierra había girado tantas veces que la cura ascendió a los comienzos del mundo y no tardaría en volver a calmarle los espasmos mioclónicos. La espera no duró mucho. Una noche la tembladera fue superior a sus fuerzas y la arrojó con sábanas y almohadas por la ventana.

Violeta

Atrapado en el Tiempo
Dary Sandra Peña Manrique

La vendedora estaba en un rincón, al lado del mostrador. Era casi imperceptible. Para ella, los segundos eran lentos, mientras para otros pasaban aprisa. Tan solo él se detuvo a observar tras el vidrio. Miró los Citizen, los Festina, Edox y Bulova. Luego de un instante, recordó el Tissot que le había regalado a su esposa en el crucero. De eso hacía cincuenta años.

Ahora, le llamaba la atención que los "tradicionales" habían pasado de moda.

Los jóvenes y ejecutivos portaban "relojes inteligentes" que los mantenían conectados en todo momento y lugar. Las marcas eran tecnológicas: Apple, Samsung, LG, Huawei. No estaban los ingleses, ni los suizos. Sonrió.

Se preguntó si él lo necesitaría. El tiempo no tenía sentido, salvo cuando debía cumplir una cita médica. No obstante, hoy le tocaba volar.

En ese instante, ella, que lo seguía con su mirada desde que arribó, lo espetó:

—¿Desea mirar algún modelo?

Se sorprendió. No supo qué responder, pues en su muñeca, cubierta de vellos blancos, no tenía ningún pulso que indicara que lo usaba. Sonrió tímidamente.

Ella le inquirió:

—¿Sería para usted o para dar un regalo?

No sabía qué responder. De repente dijo:

—Sí, ¿cuál me recomienda para una mujer?

—Señor, seguro que a ella le quedaría bien el dorado. —Y agregó—: ¿Es joven o mayor?

«¡Cómo habían pasado los años!», pensó. Después de suspirar, respondió:

—Lo mejor sería con números grandes.

Ella dijo:

—Entonces le recomiendo este Mulco. Es elegante y preciso.

Pensó que a Consuelo no le interesaban los relojes. De hecho, al haber subido de peso, dejó de usarlos porque las correas le apretaban.

La vendedora lo empacó con delicadeza en un estuche de terciopelo y luego lo puso en una bolsa de papel decorada con flores.

En ese momento, él escuchó: "último llamado para los pasajeros con destino a Cali".

—Gracias, señorita.

Sin entender cómo, él había terminado comprando un reloj que Consuelo no luciría; caminó rápido hacia la entrada de embarque.

Al cerrar las puertas del avión, volvió a sonreír. Los años lo hicieron viejo. Pensó: «El tiempo me atrapó».

Ella, desde el pasillo, nuevamente en su silla detrás del exhibidor, en el rincón de siempre, feliz con la venta, dijo:

—El tiempo pasó volando.

El Diablo Acecha
Carmen Andrea Rengifo Gómez

Jesús no era capaz de levantar la mirada. El miedo devoraba sus pensamientos —hacía una hora que esperaba en la iglesia—, se preguntaba cuánto tiempo más tardaría. Las manos, aferradas al reclinatorio, apretaban el llanto. Su hija lloró por él; le aterraba ver la debilidad de su padre. Le acarició la espalda esperando que se levantara. Los hombros de Jesús rechazaron el apoyo; atornilló las rodillas en el banco.

El cielo bramaba; un diluvio corrió por las calles empinadas colándose en las rendijas, reverberando los vitrales, confundiendo a una paloma que descuidó el vuelo y se estampó contra la vidriera.

El ronquido de un carro se estacionó frente a la iglesia. Jesús apretó las entrañas, disolvió las ideas y se perdió en el ruido carrasposo del motor balbuceando palabras que parecían plegarias. El viento empujó la puerta. ¿Será ella?, se preguntaron.

Una figura garbosa de blanco, como Jesús la veía en sueños, entró con pasos resueltos. La hija escondió los ojos; se negaba a reconocer a su padre, se negaba a mirar de frente a la mujer. Al escuchar el zapateo perentorio, Jesús volvió a su mente, giró sobre sus rodillas. La mujer, acompañada por un joven corpulento que parecía suplicarle con las manos que lo esperara, apresuró el andar.

El sacerdote bebía vino sin rigor esperando como una penitencia, maldecía el momento en que el demonio entró a su templo. Empujó el cáliz sobre el altar: las hostias se ablandaron en la humedad. Se persignó.

—¿Dónde está su Dios? —gritó la hija al sacerdote. El cura rocío agua bendita sobre Jesús.

La mujer de blanco se detuvo en el reclinatorio, tocó la cabeza húmeda de Jesús —sabía cómo moverse frente a él—. Le dijo al oído las mismas palabras de siempre. Jesús levantó la cara, la abrazó; la forzó a agacharse a su lado. La mujer le clavó la aguja en el brazo izquierdo; el cuerpo de Jesús flotaba rumbo a la losa fría dibujando una sonrisa estridente, una baba blanca salpicaba la barbilla. Los ojos se diluyeron.

La mujer le hizo señas al acompañante: sujetaron el cuerpo derrotado, lo atraparon en una camisa de tela gruesa blanca.

La hija, paralizada, pensaba en la cura. Envidió la sonrisa estridente de su padre.

La tormenta se detuvo. El cura se echó la cruz tres veces, se prometió, como cada tanto, poner un guardián en la puerta para que Jesús no entrara más a la casa de Dios.

Mano Chen
María Santos Zamora Valencia

—A mí me ombligaron con uña de gato. Por esta razón, no puedo morir tan fácil. Tengo siete vidas como las tiene un gato.

Esas fueron las palabras que dijo mano Chen antes de toparse con la muerte. Él se creía inmortal, ni la tunda ni el diablo se lo podían llevar. Era un hombre alto, con brazos musculosos, marcados por levantar día a día cientos de polines en el Piñal; tenía la piel negra y el color de su pelo amarillo, coloreado por los rayos del sol.

Mano Chen, así le decíamos en casa. Mi bisabuela contaba que, el día de su natalicio, ella, la mejor partera del pueblo, fue la primera que lo recibió en sus brazos. El día del parto, mi bisabuela tomó la placenta en la que él venía y la enterró junto con la semilla de un cogollo de palma, con la creencia de que él crecería alto, y daría abundantes frutos.

A los pocos días, cuando se le cayó el ombligo, lo envolvieron en hojas de bijao y lo enterraron debajo de un palo de guayabo para que creciera fuerte y para que nada, ni nadie lo tumbara fácilmente por la vida. En la medida en que se le iba curando el ombligo a mano Chen, molieron tres uñas de gatos diferentes, y le dejaron caer el polvo sobre el ombligo hasta que sanó, con la esperanza de que con ese menjurje lograra ser un hombre con carácter hábil y con las siete vidas que tiene un gato.

Su primera lucha con la muerte fue un día en que se encontraba cargando unos polines de madera desde el barco, para arrumarlos junto a otro montón que reposaba en los cimientos del aserrío. Él se desplazó desde el barco a tierra por unas tablas delgadas, por las que caminaba con mucho cuidado, cuando de repente pisó en falso y cayó al agua salada, junto con los polines, desde una altura de tres metros. Los demás coteros se lanzaron al agua encontrándolo debajo de la quilla del barco. Ese día se salvó de la muerte. Le quedaban seis vidas.

La segunda vez fue cuando llegó a su casa con una angurria y el sambumbe no estaba listo, porque su mujer acababa de llegar de jugar bingo. Tenía hambre y ella no había parado la olla. Por ese motivo le mandó un puño a la mujer y la levantó a patadas. Entonces se armó la pelotera, su cuñado y su suegra lo agarraron despistado. La suegra le zampó una garnatada, mientras que el cuñado agarró el machete que se creía estaba pompo y con sevicia le dio varios machetazos. Le cortó la mano que le quedó engarrotada; la cabeza, en la que se le observaba una chamba, y otra herida que le atravesó la espalda. Sus agresores lo buscaban desesperadamente, pero su fe lo hizo invisible, cuando rezaba la oración del Justo Juez. La gente decía que ese hombre estaba rezado y empautado, porque con unas heridas como esas, nadie sobreviviría.

En la tercera y cuarta ocasión se salvó de morir en dos accidentes de tránsito. Los dos hechos le ocurrieron el mismo día y a la misma hora, en años diferentes. El uno fue mientras conducía su motocicleta. Estaba borracho, quedándose dormido en medio de la carretera, hasta que recibió un totazo que lo dejó en coma por tres meses en el hospital del Puerto. El otro fue cuando prestó la moto de su hermano para ir a una cita de control, a la cual nunca llegó. Terminó chocado por un taxi, en la entrada del barrio Paloseco. En ese santiamén de su existencia, su cabeza quedó atrapada entre las rejas del andén de una vivienda. Tuvieron que llamar a un cerrajero para que cortara las varillas que lo sujetaban. Cuando todos lo creíamos muerto, se levantó, caminó como si estuviera chunco, y en un dos por tres cayó privado en la calle.

Desde aquel percance quedó turuleto. Caminaba como si tuviera flojera. Una mañana salió a caminar para ejercitarse un poco. Entretanto, caía un fuerte aguacero. Al cruzar la carretera se quedó lelo, y fue atropellado por un carpati conducido por un pobre viejo que, del susto, se infartó. Mano Chen quedó tendido sobre el asfalto con varias heridas graves. Esta fue la quinta vez que lo internaron en un hospital.

En la sexta oportunidad que le dio la vida, ya estaba viejo y pipón. Ya no trabajaba como cotero, ni salía a caminar, así que su estómago estaba grande. Comía a cada rato y de vez en cuando se embriagaba a punta de viche. Solía empezar a beber desde tempranas horas del día y por varios días consecutivos. Hasta que una noche, sintió un dolor en los brazos, en la mandíbula y en el pecho; y sudaba como un berraco. Le dio un patatús y a correr con él para el hospital. Gracias a Dios, no le dio un infarto.

El día en que la muerte lo sorprendió, salió corriendo como si hubiera visto al mismísimo diablo. Parecía que la estaba esperando. Se sintió asediado por alguien que no podíamos ver. Se quitó la ropa, quedando biringuito en medio de la gente. Luego se tiró al piso, como acucambao. Y después de repetir: "ánima sola", en forma de estribillo, se murió, con la guasamalleta firme a la vista de sus cuatro mujeres, dieciséis hijos, sesenta y cuatro nietos, y un centenar de bisnietos.

Tallo
Carmen Andrea Rengifo Gómez

No le creyó cuando lo vio pasar; sonrió un poco y rápidamente corrigió la mirada. Pensó en esas piernas escuálidas, ahorcadas entre las suyas, pegadas al espinazo en busca de alguna manifestación que no llegó. Agotó todos los consejos de las rezanderas y los chamanes "eso es mal de ojo, con un gajo de cebolla larga le pringa la dormilona", le dijeron. Lo creyó con fe endemoniada. Una noche se le desacurrucó y apareció con un par de copas de aguardiente y dos gajos de cebolla. Brindaron por las ánimas y antes de que terminara el trago se le echó encima cual lagartija y de un sopetón le clavó la cebolla.

Apenas se componía del ataque de tos y un espasmo le recorría la entrepierna. Me distes ese guaro envenenao, me tragué hasta la raíz de la caña, le dijo. Lo abrazó como quien no quiere la cosa, metida en el rescoldo del tallo crepuscular contaba en su mente los segundos, primero lento, luego de dos en dos. A los tres minutos irá despertando, le habían dicho. Pasaron cinco minutos y el elemento mantenía su rigurosa flacidez. ¿Hace cuánto sales con ella? La insistencia lo sacó del ensimismamiento. ¿Tenés más de ese guaro?, respondió y continuó, ¿cada cuánto cambias las sábanas?

Esa noche entre preguntas contestadas a punta de preguntas se quedaron dormidos. A la mañana siguiente, las campanas lo despertaron con la intuición diáfana y las almohadas pegadas a la cara. Miró a la mujer desnuda, corrió directo a la iglesia.

Dos semanas después de buscarlo, lo vio pavoneándose con la sotana. Recordó que hacía dos semanas no cambiaba las sábanas.

Naranja

Cambio de Itinerario
Dary Sandra Peña Manrique

La espera en el aeropuerto puede ser desesperante, o una buena oportunidad para perderte en las miles de historias que se cruzan en los pasillos.

Un hombre sonríe mientras habla por teléfono; los niños juegan en la sala; tú estás en silencio absoluto. Tus pensamientos son tu refugio, y tratas de que ni la mirada coqueta de una de las chicas de la terminal te distraiga. Quizás tu mente está en el pasado, recordando los viajes con papá, la universidad, los amigos, o, tal vez, estás pensando en el presente, en cómo decirle a tu madre lo sucedido.

Sea lo uno o lo otro, mientras sigues quieto en tu puesto en la sala de espera, pasan los viajeros con sus maletas, algunas pesadas por los pecados de otros tiempos, y otras con espacio para conquistar nuevos sueños.

En el monitor se lee "On time". Mientras unos se sienten tranquilos, tú quizás sabes que se acerca el momento de tomar decisiones.

Los niños ahora juegan con las crayolas. La nena corre por la sala con el color azul, mientras el niño se enfurece con su hermana porque le falta pintar el cielo.

¡Paaq! Una maleta cae. Por fin, volteas a mirar y sales del hipnotismo. Una vez resuelto el impase de la señora mayor, que carga más de lo que su cuerpo y años resisten, retomas la posición en la silla y te abstraes en el tiempo.

Por el parlante se escucha la hora local. El tiempo pasa lento para quienes esperan. Una chica busca afanosamente un conector para su portátil, mientras los niños ahora saltan de una silla a otra y se esconden entre la gente. De pronto, la dulce criatura aparece por debajo de tus piernas. Tú no sabes si levantarte para ayudarla, o simplemente moverte para dejarla pasar. Todos te miran. No sabes cómo actuar. Si fuera un problema financiero, seguro tendrías la respuesta, pero con niños, no sabes qué hacer.

Por eso te asusta lo que viene. Sabes que al aterrizar encontrarás a tu madre y a la familia esperando, y no estarás tranquilo hasta no decirles la verdad.

La sobrecargo llama al primer grupo. Todos se ponen de pie, se amontonan y pasan al tiempo, como si fueran a perder el puesto.

—¡Orden, por favor! Hagan una fila. Ingresen portando su pasabordo y su documento de identidad.

La chica que te coqueteó a la entrada te pregunta a qué filas llamaron. No tienes idea. No escuchabas.

Abordas el vuelo. La puerta se cierra. Comienza el carreteo. El sueño se apodera de ti. También la sed. La silla no te deja mover. El viaje será largo. ¿Qué les dirás? Aún no sabes.

La niña duerme. El niño pide que le alcancen los carros para jugar. La chica se pone la cobija y te sonríe nuevamente.

Todos ya están listos. Será mejor dejarse vencer por el sueño. Piensas que, si descansas, las ideas saldrán por sí solas. Al aterrizar, ya todo estará despejado, o quizás en ese momento comenzará la verdadera tormenta.

Preguntarán por qué llevas tantas maletas. Luego se sorprenderán de no ver a Esperanza y, entonces, les dirás que ella también se ha perdido, como se perdieron los fondos de capital y el empleo en la multinacional y, por fin, revelarás que prefieres estar lejos de las grandes oficinas, del bullicio de la ciudad, de los viajes de negocios y de la idea de ser padre de un hijo que no concebiste.

Ellos te juzgarán, pero sabes que no naciste para esa vida ejecutiva ni de familia. Te mirarás al espejo, y te darás cuenta de que la vida te acaba de cambiar de itinerario.

Historia sin Principio
Catherine Valencia Lidel

Sale del trabajo meditabundo, con la mirada perdida y el paso acelerado, evita el contacto físico y la mirada con las personas de la calle, espera no cruzarse a nadie conocido, solo quiere llegar al apartamento y prender la tele. Tuvo que salir de su ciudad por razones laborales y le ha costado adaptarse a este extraño lugar. De su ciudad natal le hace falta el clima, la música, sus amigos, la familia. Siente que la tierra lo tira hacia abajo y le quita las ganas de conocer, de disfrutar de la ciudad, de las personas, y de bailar que es lo que más ama hacer. A todas las propuestas les dice que no, se ha inventado mil excusas y ya tiene preparadas dos mil más. Cuando su amiga le pregunta por su día, a él se le afloja la voz, le dice que está realmente aburrido de sentirse así y que no sabe cómo salir de ese sentimiento. Cuando encuentra algo de ánimo se le ocurre que el baile es la cura, pero minutos o segundos después aparece una fuerza que lo tira de nuevo hacia abajo.

Su refugio es la televisión, empieza a decir en voz alta mientras prepara un café: jamás había visto tanta tele, suspira, le pone un chorrito de leche y saca un roscón de una bolsa de papel, sonríe en medio de su angustia y se dice: oye Nehuén te desconozco, ¿a dónde quedó aquel hombre que le gustaba salir, conocer, reír, charlar, bailar, caminar, ir a todo lo que le invitaban y sentirse libre y feliz? ¿qué hago para recuperarlo?

Ella se cree omnisciente, como si lo estuviera observando las veinticuatro horas dentro de una bola de cristal, su estrategia es darle imágenes a cada detalle que él le cuenta, a cada sentir que le expresa. Lo que él no sabe es que, cada mañana, ella abre sus cortinas esperando que él se despierte para seguir paso a paso el cómo se prepara para salir a trabajar. Él no sospecha que ella vive más cerca de lo que él pudiera imaginar y que tiene una absurda obsesión de cuidarlo sin que él lo note, sin que pueda siquiera pensar que también dejó su ciudad natal alguna vez, y que por eso sabe perfectamente por lo que él está pasando, solo está esperando el instante perfecto para encontrarlo por accidente en la esquina donde todas las mañanas él compra su café para beberlo camino a la oficina, ese será el momento donde podrá disimular y aparentar que acaba de llegar a la ciudad y que el encuentro es una perfecta coincidencia.

La Ruta Hacia los Nuggets
Valentín Guzmán Gómez

Todo comenzaba con la canción *Tu amor me hace bien* de Marc Anthony, y no es que me guste esta canción, pero la estaban lanzando y daba la casualidad de que sonaba a todo volumen siempre que me subía a la ruta.

Todavía no sé si era estrategia de la monitora para empezarnos a despertar, y para que llegáramos activos a las primeras clases. Pero la vedad es que esa canción, cada vez que la escucho, me lleva a ese momento.

Y como todo recuerdo, empieza a despertar otros que están intrínsecos. Como el olor a sándwich de huevo que, en una ruta escolar, fácilmente, es más efectivo que las bombas de Nagasaki y Hiroshima. Aclaro que tampoco tengo nada contra esta receta, pero si contra las mamás, o las personas que deciden mandarle en un táper este tipo de arma blanca a los niños.

La ruta puede que sea el escenario en movimiento más lento que haya experimentado. Imagínense meter más de quince niños, después de ocho horas de colegio, y entre ellas clases de educación física y dos recreos. Donde la energía está apenas encontrando el sentido de dónde ser gastada, para tratar de ser en un futuro adultos de bien.

Era una mezcla de olores, *bullying*, supervivencia, e imaginación para no perder la calma y abrir todos esos tápers de sándwich de huevo al tiempo. Dejar inconsciente al monitor, amenazar al conductor con ponerle en la cara alguna camiseta que tenga el trajín de un buen partido de fútbol, celebrar mientras nos llevan al drive thru por unos nuggets con miel, y que no nos vuelvan a recoger nunca en esa ruta. O más bien, nunca volver al Colegio a ser lo que no queremos hacer.

Por fortuna, ahora me transporto en bici y voy por nuggets cuando quiero.

Paseo a la Playa
María Santos Zamora Valencia

¡Y nos fuimos de paseo! —dijo la corrinchera de mi prima.

Luego, zarpamos rumbo a las playas de Tortuga, con cantos de paseo instrumentalizados alegremente.

Cuando vamos de paseo, oí... ve... (bis)
Navegamos por altamar, oí... ve... (bis)
Y con el golpe de las olas, oí... ve... (bis)
Nos ponemos a saltar, oí... ve... (bis)

Cuando llegamos a la playa, oí... ve... (bis)
A mí me dan ganas de nadar, oí... ve... (bis)
Parezco un pececito, oí... ve... (bis)
Que le gusta chapotear, oí... ve... (bis)

El sonido del motor y el golpeteo de la lancha nos animaba a entonar versos libres por cualquiera de los presentes. A medida que nos alejábamos contemplábamos la sublime visión del puerto de Buenaventura, desde el regazo de la bahía. Nos quedamos embelesados con el dramático contraste de nuestra Isla del Cascajal, donde, por un lado, se empina la imponente estructura del principal puerto marítimo del país, y al otro lado, separados por un mágico faro, yacen las deterioradas casas de palafitos de los habitantes de las periferias del Distrito.

En menos de treinta minutos estábamos cruzando por el paso de Dos Morros, frente a la playa de Tortuga. Los moradores de la zona cuentan que hubo una época en la que no se podía atravesar por ese paso, ya que las lanchas naufragaban constantemente. Hasta que lograron ubicar la imagen de la Virgen del Carmen en la cima de uno de los morros.

Era una playa extensa. A medida que la lancha se acercaba lentamente, los pasajeros a bordo estábamos emocionados por llegar a nuestro destino, y montamos una algarabía:

—¡Llegamos, llegamos! ¡Llegamos a la playa!

Aplaudíamos y elevábamos nuestras manos.

Finalmente, la lancha se detuvo suavemente en la arena, halada fuertemente por   el motorista y el marinero, hasta que la arrimaron y amarraron en una estaca clavada en la arena.   ¡Por fin, pisamos tierra firme!, estábamos ansiosos por explorar el paraje.

Cuando di la vuelta miré el mar y quedé cautivada de su aparente infinitud. Veía solo cielo y agua. El vaivén de las olas formaba corrientes que creaban un sonido relajante y constante. El horizonte parecía formar un límite frente a mis ojos, pero yo sabía que el mar es continuo. Lo veía como los elementos de un conjunto que cambian constantemente, pero hacen parte de un todo. Mientras nadaba, admiraba la belleza del paisaje y perdí la noción del tiempo.

A medida que el sol se iba ocultando detrás del horizonte, nos sentamos en la playa a observar esta obra de arte celestial. El sol comenzó a pintar el cielo de tonos cálidos y vibrantes. Cambiando de matices claros hasta los más oscuros, entre el amarillo, naranja, rosa, rojo y púrpura. El sol construyó el camino para que mis ojos se desplazaran sobre el sendero que dejaba su reflejo de luz sobre las olas brillantes. El ocaso determinó el día, convirtiendo el mar profundo en un enigma en plena oscuridad.

Mamá nos dijo que nos saliéramos del mar, pero nosotros seguimos bañando. Cuando mi hermano pegó un grito ensordecedor.

—¡Algo me mordió, algo me mordió! ¡Ay...no!

Los demás, en vez de socorrerlo, salieron del agua. Mi papá entró al mar y lo sacó cargado. Al parecer lo había picado una raya pequeña. Mi tío succionó con su boca el veneno, después pringaron su pierna, y le dieron a tomar un medicamento. A los minutos, mi hermano se sintió mal, porque le salieron dos secas en la ingle, además le dio fiebre alta, así que lo llevaron hasta la choza a descansar.

En la noche, formamos una parranda entre fogata y tambores y la luz de la gran luna, junto al mar, y permanecimos hasta las cinco de la mañana. Hasta que vi otro momento mágico que renovó el cielo con contrastes de colores a medida en que el alba se asomaba por el horizonte. Eran las primeras luces del día antes de que el sol empujara la luna y se elevara en el cielo, haciendo que ese oasis del mar cobrara vida. El llamado de los pelícanos y el canto de otras aves avisaban el inicio de un nuevo día. El aire se convirtió en vientos que se estrellaban en mi piel, dejando el aroma de la marea fresca. Luego me recosté en una hamaca y me quedé dormida.

Desperté cuando me echaron agua en la cara, ya era la hora del almuerzo. Un plato típico de mi tierra, el levanta muertos: un tapao de canchimalo con banano verde. Después disfrutamos de la exótica vegetación y fauna, del mar, y de la inconmensurable arena, hasta las cuatro, la hora de volver a casa. Traté de entonar un estribillo:

—¡Se acabó el paseo, la pasamos bueno!

Pero no lo respondieron. Se notaba la sensación de cansancio, aunque también percibía sus caras de satisfacción. Especialmente, la mía. Me sentía llena de vida y renovada.

Desatracaron la lancha, nos colocamos los chalecos y el motorista prendió el motor, mientras el marinero punteaba el rumbo hasta mi "bello puerto del Mar, mi Buenaventura".

Negro

Pan Nuestro de Cada Día
Carmen Andrea Rengifo Gómez

La puerta se cierra, la casa está segura; los secretos fingen que no existen como casi siempre, como en cada casa. La cama destendida; la pijama revuelta; las sábanas transpiran humor oprimido. No quiere mirar esos ojos, salió huyendo del día, excusándose en el trancón, pensando en el jefe que cada vez le pide más y más *entrega*. Se marea, da arcadas, el bus la atrapa; se recuesta en una baranda. Quiere gritar; se muerde la lengua. El bus se detiene; la puerta chilla. Voces gruesas, estridentes, le escupen aliento alcanforado. Exprime el tubo; las voces la acorralan, jadea. Se encorva; quiere arrodillarse. Sus piernas gelatinosas rozan otros cuerpos. El bus frena en seco, cae en brazos hambrientos. Se repliega; aborrece las sonrisas que la flanquean. El bus se estaciona; el aire se acorta; un bulto caliente le vibra en el muslo. Respira con urgencia; ensancha la nariz, sacude la gota que le titila en la sien; un líquido ajeno le escurre por el pantalón. Las piernas se aflojan; las risas ahogan el llanto.

Rojo Carmín

¿Has Visto a mi Madre? (fragmento)
María Santos Zamora Valencia

Me acosté muy preocupada por mi mamá, me había comentado que se sentía indispuesta y necesitaba solicitar una cita médica. Antes de dormirme, encendí la televisión para ver una película de ciencia ficción. Tomé dos almohadas y unos cojines y los coloqué uno encima del otro en el respaldo de la cama para recostarme sobre ellos. Mientras veía la película, en mis pensamientos aparecía la imagen de mi madre. De manera inquietante, me pregunté en varias ocasiones: «¿qué le pasará a mi madre?» Traté de entretenerme con la película, pero mis pensamientos no eran míos, sino controlados por Dios. Aunque quería despejar la mente y distraerme un rato, la actitud de mi querida madre me seguía inquietando. Como siempre, después de un tiempo, me quedé dormida frente a la tele.

En tan solo unos segundos, caí en un profundo sueño y noté que la calle estaba muy oscura. Al fondo, en la intersección de dos vías y debajo de la luz de una bombilla ubicada en un poste de energía, estaba ella, mi madre. Un hombre se le acercó y le tomó la mano con fuerza. Luego puso su mano en su rostro y la deslizó hacia su cabello ensortijado y canoso, fijó sus ojos en ella y la acercó hacia él con su otra mano, dándole un beso en la frente. Ella le entregó algo que nunca pude divisar bien. Era un paquete rectangular envuelto en una bolsa plástica. Él era un hombre alto que vestía un pantalón de color negro y una camisa roja de satín; sobre su cabeza llevaba un sombrero de paja colorido con una cinta negra, rodeada por una cadena con eslabones triangulares. Desde donde yo estaba era difícil identificar lo que ella le entregó. Yo tenía la intriga de saber lo que contenía ese paquete, pero también de discernir: ¿qué hacían ellos dos en medio de la oscuridad y las calles solas? El hecho es que no pude darme cuenta, el paquete lo guardó él en el cinto del pantalón por la parte trasera. Cruzaron algunas palabras, después él giró y caminó rumbo a la carretera principal para salir del barrio. Mamá lo siguió. Ella caminó unos pasos, se detuvo, observó hacia atrás y vi su cara con un profundo decaimiento. Después me miró fijamente a los ojos, bajó su mirada y mientras caminaba detrás de aquel hombre, movía sus manos diciéndome adiós.

—¿Para dónde va con ese señor?, ¡regrésese, venga mamá..., venga! —yo gritaba desesperada y corriendo, tratado de alcanzarla.

En ese momento, tocaron la puerta de mi cuarto y desperté asombrada. Aunque era consciente de que estaba soñando que mi mamá se iba; en realidad estaba sucediendo. Sin embargo, no tenía la varita mágica para dirigirme a ese lugar y cambiarlo todo. Este no era uno de esos sueños que parecen tan reales y despiertas asustada pensando «menos mal era un sueño». Mientas despertaba por completo, escuché la voz inquietante de mi sobrina.

—¡Tía, tía, abra la puerta! —Me incorporé de un solo tiro; abrí la puerta. Después me senté en la cama. Miré la cara de mi sobrina angustiada que me pasó su celular.

—Es mi tío Jaime. Dice que la ha estado llamando.

Miré el reloj y vi que eran las cuatro y treinta de la mañana. «¡Pasó algo! ¿Tendrá que ver esta llamada con el sueño que tuve?» Hay algo a lo que le he tenido miedo y son mis sueños. Por lo general, mis sueños inquietantes terminan en hechos reales. Cuando despierto, trato de interpretarlos o comentárselo a alguien, dizque para que no sucedan.

—¡Tía que coja el teléfono! —me repitió mi sobrina.

—¿A esta hora una llamada?

Antes de contestar la llamada, ya estaba con los dedos en la boca, comiéndome las uñas y con la zozobra de que algo malo me diría mi hermano.

—¿Qué pasó? —fue lo primero que le pregunté.

—¿Mi mamá ha ido por allá? ¿Te ha llamado? —dijo mi querido hermano.

—No. Hablé con ella ayer casi dos horas; en ningún momento me manifestó que venía para mi casa.

—Mi mamá no está acá —afirmaba mi hermano, mientras sollozaba. —No la encuentro por ningún lado. Salió ayer a las diez de la mañana a pagar un recibo y no ha regresado.

Me quedé un rato en silencio.

—¿Cómo así?, ¿no era un sueño?

Si yo hubiera sabido, que mi mamá había desaparecido, yo había corrido detrás de ella para detenerla, en ese sueño.

—¡Oye!, ¿me estás entendiendo? —dijo duro mi hermano—. ¿De qué hablas?, ¿cuál sueño? Mi madre no aparece. ¡Ha desaparecido!

—¿Desapare... qué? De-sa-pa-re-cida —le hablé tartamudeando—: ¿Cómo así que está desaparecida? ¿La llamaste al celular?

—Sí. No responde.

—¿Preguntaste a los vecinos? ¿La buscaste debajo de la cama? —Como si ella fuese una niña jugando a las escondidas— ¿No estará escondida en el armario? ¿Estaban discutiendo? ¿Estará con sus amigas? ¡Búscala bien!

—No, no, no, ¡Nooo! —respondió con voz desconsolada.

Comencé a caminar de un lado para otro en el poco espacio de mi pequeña habitación, con mis manos entrelazadas sobre mi cabeza, y la mirada al cielo o en el reloj de madera colgado en la pared que quedaba frente a mi cama. Comencé a buscar mi celular en varias partes y no lo encontré porque estaba apagado sobre la mesa del televisor. Durante el tiempo en que encendía el celular y se estabilizaba la señal, le pregunté a mi sobrina:

—¿Mi mamá la ha llamado?

—Ella llamó cuando usted dormía. Yo le dije a mi abuela que usted estaba dormida, y respondió que más tarde la llamaba.

El Camino
Julie Cristina León Rodríguez

Lentamente recorro este estrecho espacio, húmedo y suave, donde largos y delgados penachos me empujan, me mueven al frente, siempre al frente. No es posible retroceder. Siempre debo avanzar y aunque la profunda oscuridad me asusta y me intimida, yo también quiero avanzar, algo dentro de mí me obliga a hacerlo, como una pulsión que irremediablemente me apremia a seguir.

De repente, el espacio se abre y, aunque oscuro, el lugar que me recibe se siente cálido, suave, acogedor. Una rítmica percusión recorre mi cuerpo. Una suave manta me cubre y me humedece, cada día me siento más fuerte, más grande. No he dejado de crecer desde que llegué, tengo más sensaciones cada vez.

El roce cálido de mi manta es ahora líquido y la percusión que me recibió y recorrió mi cuerpo se escucha en mi cabeza como un tamborileo —pum, pum, pum— acompañado más frecuentemente por dulces y a veces musicales palabras que se humedecen con el salado sabor que recorre mi boca y la tenue luz que entra por mis ojos.

Ha pasado mucho tiempo. El lugar que me acogió antes se me apetece ahora y cada vez más estrecho, menos cómodo, ahora me aprieta y se retuerce y la familiar suavidad que me abrazaba parece que ahora no me quiere más aquí, me aplasta, me estruja, me empuja y otra vez está allí, esa pulsión, esa necesidad de moverme, de ir nuevamente hacia adelante, de avanzar. Y pasando nuevamente por un estrecho canal como el primero que me recibió, me abro paso y la luz quema mis ojos, el frío es como un millón de alfileres en mi piel, está seco afuera y tengo miedo. Pero mi piel se encuentra con la suya, es tibia y suave.

Me abraza, grandes estrellas me miran y de una hermosa línea rosada sale ese sonido que escuchaba allí, en mi húmeda cama, y me arrulla como allí lo hizo. Nuevamente me siento

cómodo, cálido, confortable y siento que he llegado al lugar que
me esperaba.

Poker Face
Dary Sandra Peña Manrique

—¡No estoy de acuerdo! Creo que no es prudente el viaje. Deberías aplazarlo —dijo su esposa ante la decisión que él estaba a punto de tomar. Y añadió—: Podríamos ir contigo. Los niños estarían felices de conocer los grandes hoteles temáticos, ir a un *show* del Circo del Sol o ir al Gran Cañón.

—No puedo esperar. Tengo que hacerlo ahora y sé que voy a ganar. Cuando regrese, planeáremos un viaje —respondió convencido.

—No puedo creer que vayas a ser tan insensato. Pedir unos días de vacaciones para poner en riesgo todo, ¡no me parece! En la petrolera hay más ingenieros que quieren tomar tu puesto.

—Cuando gane, ¡sí estaré loco! Por ahora, solo déjame con mis ideas. Cuida a los niños y mejor deséame suerte. —Él armó su maleta y salió de casa.

Viajó a Las Vegas. Aunque no tenía mucho dinero en efectivo, se hospedó en un hotel de lujo, y llevó al tope sus tarjetas de crédito. Presentía que sería su hora.

La noche anterior, hizo la reserva en la mesa siete. Pensaba que el póquer esta vez estaría a su favor. Primero se fue con el póquer tapado (cinco cerrado o *draw poker*).

—Señor, ¿se une a la apuesta?

—Por supuesto, acabo de ganar y seguro que esta noche será única.

Miró los gestos de cada uno de los jugadores. Recordó las palabras de su esposa. Un leve sudor en las manos evidenció que estaba nervioso, pero, por fin mostró sus cartas.

—Felicitaciones, señor. Nos mantuvo en suspenso. El color lo favoreció.

Una mesera se acercó a la mesa: —¿Un trago, señor?

—Uno doble, por favor. Ahora quiero ser más agresivo. Sé que voy a ganar con la carta más alta.

De nuevo, el tallador le preguntó:

—Señor, ¿se une a la apuesta?

—Ni pregunte. ¡Apuesto todo!

Las miradas de los jugadores que estaban en la mesa se cruzaron. A su lado estaba un griego, al siguiente, un norteamericano. Al frente un australiano y a la diagonal, un francés. Se sentía seguro, pero el griego mantuvo el suspenso hasta cuando pidió abrir las cartas y el griego fue quien tuvo la más alta...

Él se sintió confundido, desorientado.

El tallador le preguntó:

—¿Se siente bien, señor? ¿Quiere un descanso? Tenemos la sala privada donde una masajista lo atenderá; allí hay comida y licor, para que pueda recuperarse. ¿Acepta?

Esa noche no volvió al casino, pero tampoco estuvo en la sala VIP. Tomó el ascensor, oprimió el piso 13. Salió y no encontraba su tarjeta para abrir la puerta. Vio un teléfono en el pasillo. Llamó a la recepción y pidió copia de la llave.

Unos minutos después llegó uno de los agentes de recepción.

—Disculpe señor, pero antes de abrir la puerta debe mostrarme su identificación.

—¿Qué?, ¿¡No ve que estoy cansado!?

—Lo siento, pero son las políticas del hotel.

Sacó de su bolsillo el pasaporte y el camarero alcanzó a ver que portaba un arma. No lo sorprendió porque muchos jugadores experimentados las cargaban, incluso, para jugar a la ruleta rusa.

—Listo, señor. Disculpe y pase. Aquí le dejo la nueva tarjeta.

Al día siguiente, cuando la ama de llaves quiso entrar, la tarjeta no le funcionó. Llamó a seguridad y al ver que no había letrero de "no molestar", entraron al cuarto.

—¡Por Dios! No lo puedo creer. Es el señor que vino de México. Me dio buena propina y me dijo que ahora sería más rico. ¿Cómo pudo matarse?

En ese momento, uno de los guardias de seguridad le dijo a la ama de llaves:

—No puede estar aquí el personal de servicio. Ahora es una escena de un crimen.

Al revisar las cámaras de seguridad, se observó que, pasadas las dos de la mañana, bajó del ascensor una bella mujer. Golpeó la puerta y se notó que no tuvo que esperar mucho tiempo para ingresar. A las cuatro, salió cuidadosamente del cuarto y tomó el ascensor. De allí, hasta cuando llegó el ama de llaves no hubo movimientos, ni ruidos.

El cuerpo de él estaba frío y la sangre había recorrido las sábanas de la cama *queen*. El revólver no apareció.

Natalia recibió la llamada del hotel, viajó y al acudir a la escena, puso *poker face*.

Rosado

Dulce Espera
Julie Cristina León Rodríguez

Era una noche clara y serena, la luna brillaba en el cielo estrellado iluminando sus negros y redondos ojos. La suave y cálida brisa acariciaba su pálido rostro salpicado de pecas, mientras sus labios sostenían una débil sonrisa.

Había escuchado muchas historias y relatos de la forma en que llegaba y la había vivido varias veces junto con sus felices consecuencias. Pero, esta vez hacía conciencia y entendía lo que implicaba, así que la espera le parecía más larga. Sentía que el tiempo se estiraba y le jugaba una broma, los días y las semanas pasaban muy lentamente y pensaba que se hacía mayor, que cuando llegara, tal vez, su corazón habría crecido mucho y ya no lo disfrutaría.

Le imaginaba tierno, suave, con un olor dulce, cálido. Se sentiría plena, llena de amor, feliz y completa con su llegada. Así que simplemente cada noche cerraba los ojos y le imaginaba porque, aunque ya antes había venido, ella no lo recordaba. Esta sería probablemente la primera vez que, escondida tras la cortina, le esperaría y le sorprendería.

Se armó de paciencia con una manta para mantenerse tibia, y abrió sus ojos, sus grandes ojos, y cada vez que se le cerraban se pellizcaba. Lo lograría, sabía que lo lograría.

—¡No!, me dormí. —Abrió los ojos y ya era de mañana, allí estaba y como cada año sin falta, él ya había venido. Lloró y gimió porque no lo logró. Nuevamente él llegó en silencio y de nada sirvió su intento por esperarlo despierta.

Las migajas en el plato y el vaso con la mancha blanca bajo el árbol le recordaron que tendrían que pasar doce meses nuevamente para intentar atrapar al viejo tierno, suave, de olor dulce y cálido que se colaba en silencio cada noche de Navidad.

Los límites de la Indiferencia
Catherine Valencia Lidel

Sintió que se ahogaba, le dolía el pecho y su rostro sabía a sal de tanto llorar. Recorrió la habitación sabiendo que sería la última vez que estaría allí, abrazó a cada ser esperando que alguno la atara tan fuerte que no la dejara irse a ningún lugar lejano. El recuerdo de ese instante se instala en sus sueños durante muchas noches, ya son más de cuarenta y cuatro años con ese vacío que nada lo llena, ni los viajes, ni el dinero, ni los hijos que nacieron lejos de sus raíces, ¿cuándo se supera la nostalgia?

Suspiro profundo sintiendo un nudo que no sé con qué se desata, sé que hay mucho por aprender, no conocemos ni un tres por ciento de lo que nos ha pasado como país. ¿Y la empatía? ¿A dónde se fue? Acaso se encuentra refundida entre las calles, en las bibliotecas, en las voces que a gritos piden ser escuchadas, en las montañas vacías, las casas abandonadas, las escuelas destruidas. No alcanzamos a ver los cuerpos devastados, porque ellos han sabido recomponerse de mil maneras, transformar la ausencia en colores, texturas y sabores, ¿será por esa fortaleza que hay formas que se vuelven invisibles?

Recorrer palabras de dolor nos incomoda, nos lleva a lugares donde el temor, la desesperanza y el grito aparecen en el estómago. Mejor cierro este capítulo porque es demasiado, no puedo seguir leyendo, ¿cómo es posible que esto nos haya pasado?

Las preguntas quedan atoradas en el pecho, quisiera recorrer cada rincón de este país y de ese país afuera, para contar lo que nos ha pasado y nos sigue pasando. Si abrimos el alma a la escucha, puede que un pedacito de esos relatos nos toque las fibras más profundas y un sentimiento, cualquiera que teja solidaridad, nos permita sentir desde lo más profundo ese dolor que parece tan ajeno, pero que en realidad nos pertenece a cada ser que habita y habitó este territorio.

Narrando Sobre Mí
María Santos Zamora Valencia

La conocí en mi trabajo. ¡Es una loca a la que le gusta contar historias reales en ficción! En sus conversaciones siempre hay un toque cultural y en sentido figurado con refranes o dichos. En cada espacio libre, escribe y escribe. A veces se le ve hablando sola con una hoja y un lápiz. Se ríe con sonoras carcajadas de cualquier cosa que dicen los demás con doble sentido o de su narrativa. Nunca le he visto enojada. Me fascina su sonrisa. Aunque ella dice que suele emberracarse cuando no sabe lidiar con sus rabietas.

Baila currulao como una muñeca liviana que no toca el piso. Cuando no le gusta, lo habla a calzón quitao. No le gusta la pendejada. Le gusta andar con su pelo alborotado, aunque ella le dice a la gente que ese es su peinado. es una persona preparada, aunque su mayor logro es su humildad.

Así la describo, ya que la conozco bien. Aunque hay acciones que uno mismo no se puede ver.

Verde
Verde Limón
Verde Pasto

¿Acaso Importa?
Catherine Valencia Lidel

¿Qué tipo de aprobación necesitas para sentirte aceptada? Se pregunta Salomé en voz baja, mientras se mira al espejo y ve cómo su cuerpo ha cambiado, ya no es tan delgada como hace unos años, pero sonríe y siente que le agrada como le queda el vestido color violeta que le regaló su padre. Se pregunta si en verdad quiere ir a ese encuentro familiar, ¿quiere en realidad aguantarse los comentarios que tienen sobre su forma de vivir, sobre su cuerpo y sus decisiones? Se termina de pintar los labios, agarra la mochila y sale caminando hacia el bus que la dejará a 5 cuadras de la casa de su tía favorita, pero sigue dudando porque allá estará el resto de la familia.

Ama los trayectos en bus porque estos le permiten otros tiempos para observar. Mira con detalle a quien se sube, la calle, los colores del cielo, las reacciones de los demás conductores, a veces imagina que estará pensando cada ser que observa, a veces cruza la mirada con alguien y opta por sonreír, no siempre es correspondida, pero ¿quién es ella para juzgar la tristeza de un rostro que no logra sonreír?

Se acerca la hora de bajarse, tiene la sensación de seguir en el bus, como quien se distrae y se pierde, pero algo la impulsa a bajarse, camina a paso lento, tratando de buscar razones para devolverse, ¿por qué tanta incomodidad? Ya debería estar acostumbrada, ¿o no?

Timbra tres veces, como le gusta hacerlo para que sepan que es ella, saluda con amor a pesar de que sabe lo que le espera. Se siente realmente conflictuada porque a su alrededor solo escucha comentarios sobre la maravillosa delgadez de sus tres hermanas, pero cuando ella se acerca a sus tías cambian de tema y, en voz baja, una de ellas dice que de eso no se puede hablar frente a ella porque empezará con su discurso raro de que no tienen derecho de hablar del cuerpo de nadie. Además, susurra: es que parece que todo le incomoda, no se le puede decir nada, mejor evitar que se enoje y termine dañando la reunión con sus impertinencias.

Salomé las mira sin saber que decir, pues la voz baja y el susurro no fueron suficientes, escuchó cada palabra; se aleja muy despacio, respira estirando los brazos como quien toma impulso para aguantar la vida, sonríe y llevada por una fuerza que no comprende sale corriendo del lugar, no sabe si llorar, reír o simplemente huir y no volver. Su teléfono empieza a sonar insistentemente, curiosamente es la tía que hizo el comentario, no sabe qué hacer, ¿debería contestar y volver? ¿Asumir que así es su familia y que nada va a cambiar? ¿O alejarse y definitivamente tramitar el malestar que le genera? Sigue caminando, no puede evitar llorar, se va desatando el nudo de su garganta, toma un bus y finalmente decide huir para no volver.

¿Qué es importante para mí?
María Santos Zamora Valencia

Para mí es importante ver a los demás felices y ser feliz, a pesar de los problemas de la vida.

Me encanta estar sola para redescubrirme cada día, a pesar de contar con la compañía de mis hijos. He aprendido a alejarme de la gente gruñona y tóxica, y me gusta divertirme con amigos y familiares, amanecer junto a la gente que disfruta bailar o conversar.

Soy aquella mujer que se deslumbra observando su cuerpo, viendo que, aunque hayan pasado los años, sigo admirando la belleza de mi cuerpo maduro y cuidándolo con buena alimentación y ejercicio, no para impresionar a nadie, sino para deslumbrarme de las cosas que soy capaz de hacer y sentirme joven y sana al pasar del tiempo.

Soy aquella mujer feliz, que le gusta fantasear con las aventuras de los personajes de los libros que lee y de los que escribe con una voz propia. Provoco a mi imaginación para que plasme los acervos culturales de un paraíso terrenal bañado por las olas del mar Pacífico.

Cuando deseo escribir y no encuentro el objeto sobre qué escribir, comienzo a observar mi entorno, escuchar a la gente o salgo a caminar, a buscar algo inusual por lo que me tenga que inspirar hasta lograr plasmar algo que cautive mi atención después de leerlo. Si no es así, lo borro o lo dejo para mejorarlo después, aunque me haya demorado horas o días escribiéndolo.

He comprendido que la vida es mucho más hermosa cuando tomo cualquier momento para disfrutarla. Con tan solo pasar el tiempo con mis amigos y familiares, sin discutir con ellos, es algo esencial para mí. Por eso me reconcilio rápido con mis hijos, después de llamarles la atención por cosa simples como no echar la ropa en la canasta, no levantar su plato, o por no vaciar el baño.

Me encanta mirar el panorama desde la terraza de mi casa, ver las imponentes montañas que representan cosas de la vida real. Desde aquí, se observa la Cara del Indio, una montaña ritual para los indígenas de los municipios cercanos. Esos paisajes evocan en mi alegría, añoranza por mi adorada tierra, la cual está sumida en la violencia desde hace muchos años.

Me encanta estar en el espacio de la terraza con paredes de ladrillo rústico, y piso de cerámica con algunas grietas. Sentir la suave brisa mientras hago ejercicio con pesas o al sonar de música folclórica, salsa u otro tipo de música que haga que mi cuerpo se mueva siguiendo el ritmo sin que yo lo controle. Eso me hace feliz todas las mañanas. Después descanso leyendo un hermoso libro, antes de irme a trabajar.

Me encanta ser yo misma, no preocuparme tanto. Me encanta pensar que merezco lo mejor y actuar para ello. Me encanta ver a los míos ser felices, al igual que a los demás, ya que, si ellos son felices, me dejan ser feliz a mí.

Cicatrices
María Inmaculada López

Cuando uno sufre la violencia en el cuerpo y en el alma quedan profundas cicatrices que nos recuerdan que no ha sido un sueño, es posible que olvidar no sea fácil, pero si es necesario conjugar en todos los tiempos, los verbos perdonar y sanar, en primera persona, en todas las personas. Es vital para no repetir. La escritura y el arte pueden ser el camino.

"La mujer recogía gota a gota el líquido amarillento y viscoso que estaba por el techo y que chorreaba por las paredes, y lo echaba en un platón. Llorando, dijo: debo recoger todo lo que pueda, para llevarlo a descansar. Era su hijo, quien estaba esparcido por todo el cuarto. Escuchó una explosión y cuando fue a ver, su hijo había desaparecido". Con este testimonio, el Padre Francisco de Roux, presidente de la Comisión de la Verdad, empezó su intervención, y añadió: "El problema en Colombia es de espiritualidad, y no estoy hablando de religiosidad".

"En la mañana del domingo, un soldado entró a la casa. Al ver la sangre esparcida por el piso, recomendó limpiarla, no era bueno para papá, dijo. Saqué fuerza, ya no era líquida, parecían trozos de hígado". El segundo testimonio es de Luz, quién tenía 15 años cuando su hermana fue herida en un enfrentamiento entre la fuerza pública y el M-19. El silencio hace daño, años después le diagnosticaron una artritis temprana.

Testimonios desgarradores como estos se recibieron diariamente y por todo el país en las Casas de las Memorias y la Reconciliación. En Colombia la realidad supera la ficción y existen eufemismos para todo, las masacres y la muerte campean en cualquier esquina, al igual que la corrupción y la negación. El discurso de la mentira y el odio hace imposible el concepto de alteridad y fragmenta los hogares, destruye la vida y fractura el tejido social.

¿Cuándo perdimos la capacidad de asombro? Escuchamos que son ilegales, pero no prohibidos, los gota a gota que desangran al más pobre. El sicario se echa la bendición y se encomienda a la virgen, no conoce a la víctima, la orden es disparar y cobrar. La vida no vale nada. No se confía en la institucionalidad, porque la corrupción campea en cada esquina.

Soñamos por un instante que había un antes y que habría un después, pero fuimos indiferentes ante el clamor de las víctimas, y la realidad ha vuelto a nuestras vidas. Antes de la pandemia, Colombia ya estaba hace mucho en cuidados intensivos, el desplazamiento y la guerra nos llevó al límite, solo que, desde lejos, indolentes lo vimos como una película o una serie de Netflix. La injusticia se ha vuelto evidente, ante la desigualdad y la violencia puede brotar desde cualquier esquina.

Después de la pandemia se nos fue concedido el regalo de vivir, vendrá un camino largo de apoyo terapéutico, se necesitarán muchas manos, unir dones y talentos para juntos respetar la muerte para valorar la vida. Como dice el Padre de Roux: "Ante el miedo y la vulnerabilidad por la pandemia, la pálida muerte pone su pie igual sobre todos. Y el día que llegue, nadie se lleva nada. Nos vamos solos. Iremos con lo que hemos sido en amor, amistad, verdad, compasión, y con lo que hemos sido en mentira, egoísmo, deshonestidad. Así enfrentaremos el misterio y nos recordará o rechazará la historia".

La Burla de la Montaña
Valentín Guzmán Gómez

La subida a la montaña, un desafío implacable que despertaba tanto temor como fascinación en aquellos que osaban enfrentarla. Y allí estaba ella, una ciclista asmática de mirada desafiante y espíritu indomable, lista para emprender el ascenso.

El viento soplaba con furia, sacudiendo los árboles y despeinando su pelo mientras pedaleaba con determinación. Su respiración, entrecortada y ruidosa, se entrelazaba con el rugido de la naturaleza, formando una sinfonía desgarradora.

Cada pedaleada era una lucha, una batalla contra la falta de aliento y los músculos fatigados. El asma se aferraba a ella como una sombra persistente, amenazando con truncar su avance. Pero ella no se rendía. Con cada inhalación forzada, con cada exhalación entrecortada, su coraje se encendía aún más.

La montaña parecía burlarse de su determinación, desplegando su pendiente empinada y desafiante ante sus ojos. Pero la ciclista asmática no conocía el significado de la rendición. Su corazón latía con furia, bombeando vida a través de sus venas, mientras su cuerpo se aferraba a la bicicleta con una mezcla de desesperación y esperanza.

Cada metro ganado era un récord personal, un testimonio de su voluntad indomable. El sudor bañaba su rostro, mezclándose con las lágrimas de fatiga y frustración. Pero también había una chispa de triunfo en sus ojos, una determinación ardiente que iluminaba su camino.

Finalmente, después de una batalla épica, llegó a la cima. El sol se asomaba en el horizonte, bañando la montaña con sus rayos dorados y revelando un paisaje majestuoso. Respiró profundamente, inhalando el aire fresco de la cumbre, y sintió una profunda satisfacción que eclipsaba el cansancio y la lucha.

La ciclista asmática había conquistado la montaña, no solo físicamente, sino también en su espíritu. Había desafiado los límites de su condición, demostrando que no hay barreras insuperables cuando el coraje y la pasión se entrelazan.

Y así, con el aliento recuperado y una sonrisa de triunfo en sus labios, descendió de la montaña. La experiencia había dejado su marca, había despertado una fuerza interior que la acompañaría el resto de su día, o más bien, el resto de su vida.

Esa ciclista asmática no era solo una luchadora de montañas, era una guerrera de la vida, desafiando los obstáculos con valentía y dejando su huella en cada sendero que recorría.

La Fiesta Patronal

Dary Sandra Peña Manrique

Llegaban campesinos al pueblo de veredas, de caseríos y de muchas fincas lejanas cargados con sus cosechas. Las mujeres lucían sus mejores trajes, mientras los niños estaban arregladitos como si fueran a la primera comunión. El alcalde ordenó que, en la plaza central, además de las tiendas de campaña para que los campesinos pusieran sus productos, se dejara un espacio reservado para los amasijos y postres para la fiesta. Cuando empezó la procesión, Juana le dijo a su mamá:

—Pero ¿cómo?, ¿no arreglaron la virgen? Esa nariz rota y esa mano sin un dedo la hace ver fea. No me gusta, porque ella es linda y me ha hecho milagritos.

Su mamá respondió:

—Ay mijita, tú estabas chiquita cuando se tomaron el pueblo y lanzaron una bomba a la estación de policía que siempre ha estado al lado de la iglesia. Luego comenzaron a disparar y no respetaron ni a la Virgen. Ella sobrevivió, pero el cura no ha querido arreglarla, porque dice que no debemos olvidar que somos un pueblo de sobrevivientes.

Juana continuó:

—Ah, ¿fue cuando murió mi tío?

—Sí, no solo él sino muchos hombres fueron asesinados y se llevaron a varios muchachos que no han regresado.

—Pero ¿eso ya pasó, cierto, mamá?

—Eso deseamos y, por ello, el alcalde, el padre y los líderes sociales organizan estas fiestas, para que nos reunamos, compartamos, pero no olvidemos esa parte de nuestra historia.

—Yo no quisiera que esos señores que hicieron tanto daño regresen por aquí —insistió Juana.

—Nadie quiere. En el fondo, pienso que ellos tampoco querían, pero no es algo que decidiéramos nosotros, sino que era la situación del momento, cuando las luchas de poder y de riqueza se apoderaron de grupos venidos de lejos, y comenzaron a combatir. Nuestro pueblo, nuestra tierra, nuestra gente, todos quedamos en medio del fuego cruzado, viendo cómo poco a poco nuestras familias iban perdiendo a sus hijos, hermanos, nietos. Era sobrevivir para no morir. Solo la fe nos ha mantenido y, por eso, aunque ahora digan que somos un país laico, honramos con más fervor nuestras fiestas patronales, porque sabemos que, al igual que Jesús, la cruz de la procesión nos hará fuertes para volver a disfrutar del paraíso.

—Mamá, tus palabras me ponen triste y no quiero llorar. Sé que no debemos olvidar, pero ahora solo nos queda volver a empezar. Eso siempre lo has dicho: "caer y volver a levantarnos". Yo, mejor, le pediré a la patrona que nos proteja, que nos deje vivir en paz, que podamos cantar, bailar y comer esos amasijos y postres que se ven buenos. No debemos llorar más, sino ¡cantemos!, ¡comamos!, ¡vivamos!

—Tienes razón, Juana. Dejemos de hablar que vamos con las letanías. Hay que cantar:

Llegaron de lejos
cargados de caña,
dulces trajeron
para esta tierra amarga.
Por más que pidamos,
aún no sabemos
a qué huele
la tierra sin armas.
Señor, Dios bendito,
que pronto regresen
los niños ausentes,
amados serán,
y pronto veremos
la luz de sus rostros,
la esperanza
pronto florecerá.

La Misión
Julie Cristina León Rodríguez

—Observa como las gotas caen suavemente. Debemos tener cuidado de no caer en la trampa —dice número 1.

—La verdad —dice número 2—, yo no estoy muy segura de emprender este camino. Siento que podría ser el último y que tal vez no consigamos nada.

—¿No conseguir nada? Entonces, ¿qué se supone que hagamos?, ¿esperar aquí mientras llueve?, con la posibilidad de que ella llegue y, que definitivamente no podamos entrar. No podríamos llevar nada a casa.

Número 2 observa a través del agujero como la lluvia cae. Son enormes gotas, una tras otra, distanciadas entre ellas van cayendo en diferentes lugares como si se pusieran de acuerdo para no encontrarse.

—¡Es el momento! —grita número 1—, ¡ahora o nunca! — Y sale corriendo. Esquiva una, luego otra, sus extremidades se mueven de forma veloz, y su cuerpo ágil zigzaguea muy rápidamente.

Entonces, por un instante, número 1 mira hacia atrás y con sus ojos anima brevemente a número 2 que aún observa desde el agujero. En ese momento, ella toma impulso alentada por esos ojos y se dispone. Comienza la carrera para alcanzar a número 1 y, justo cuando llega junto a ella, pasa lo que se temía. Mira a su compañera, sus ojos se encuentran y juntas son atrapadas, envueltas por esa gota fría y cristalina que las arrastra primero lentamente y que, luego, se une a otra y otra gota y las lleva a través del sifón a la corriente de la alcantarilla.

—Así pensé que iba a ser —alcanza a decir número 2.

—Discúlpame —dice número 1—, debíamos intentarlo.

Y las dos hormigas se confunden con las hojas y la arena, víctimas también de la corriente que bordea la cocina de la señora, la que prepara delicias dulces con ese cargamento blanco que era el tesoro buscado.

Los Silentes
María Inmaculada López

Cubro mi rostro adolorido y empuño mis manos aguerridas, porque a pesar de que ahora me encuentro en un lugar privilegiado, mis cicatrices me dan el derecho a manifestarme a través de la palabra. Veo a los silentes como yo, que resisten a las caídas, con la esperanza de que llegue la cordura y para que la vía del diálogo sea el camino y no el de la violencia.

Me arde el corazón por la injusticia, por la violencia — venga de donde venga—, por las vidas perdidas, por la angustia de aquellos que buscan a los desaparecidos. Cuando se ha sentido el dolor, se siente miedo, miedo a sentir nuevamente el dolor, miedo a ser perseguido y a ser juzgado por estar a favor o en contra. Duele ver la necesidad y también la soberbia. Es bueno preguntarme si yo también he contribuido a la injusticia social. Las arengas hacen añicos mi corazón, me desconozco, veo tanta división que yo misma me veo en el espejo y ya no sé a dónde pertenezco.

Me pregunto ¿será que, en Colombia, siempre estaremos condenados a este odio y a esta división? Me pregunto ¿quién se beneficia de todo esto?

Pienso en mi abuela que ahora tiene noventa y nueve años, se vale por sí misma y está lúcida, cuando veo las batallas que ha vivido, admiro su resistencia. Llegó a Siloé junto a mi abuelo, y su único equipaje eran cinco hijos, uno que venía en camino y que, al nacer, murió por la miseria en que vivían. Llegaron huyendo del campo cuando liberales y conservadores empezaron a atizar el odio que persiste todavía, su pecado, ser del partido liberal y trabajar en las fincas aledañas. Allá también eran muy pobres.

Mi abuelo hizo su ranchito en Siloé, gracias a una mujer compasiva que le regaló un terreno, mientras otra mujer bondadosa le ayudó a conseguir trabajo en el hospital departamental, allí trabajó como camillero, hasta que se pensionó. Gracias a ello mi abuela vive de una pensión mínima y tiene un servicio médico.

Jubilarse fue un duro golpe para el ego de mi abuelo, porque la vida de él era servir, tanto en el liderazgo comunitario del barrio, como en el hospital. Su salud fue desmejorando, pero lo que más afectó su salud fue lo que ocurrió en noviembre del 85, el gobierno dio la orden de tomarse a Cali, como retaliación por la toma del Palacio de Justicia.

En esa operación militar que se llamó Navidad Limpia, Siloé fue el barrio más violentado, el ejército y la policía allanaron las casas, según ellos todos éramos auxiliadores de la guerrilla del M-19. Hubo enfrentamientos entre los mismos comandos militares y de la policía, porque eran tantos y ante la orden de: "Disparar a todo cuanto se moviera", todo se volvió objetivo militar y la población civil quedó en medio de los enfrentamientos.

En Siloé, después de esa toma militar, sólo quedó desolación, tristeza, y mucho miedo. Mientras los habitantes silentes y agobiados por el dolor, la desilusión y la pobreza extrema recibían como respuesta la mirada indiferente de la comunidad caleña, encabezada por el gobernador y el alcalde que exaltaban la labor y el actuar de las fuerzas militares. Llegó diciembre, hubo feria, y nadie se volvió a acordar del sufrimiento de esta población vulnerable, ni el gobierno, ni mucho menos los líderes políticos, que cuando estaban haciendo campaña política y se les preguntaba por esta incursión militar, preferían cambiar de tema.

Mi abuelo nunca fue el mismo después de esta toma militar, pronto su salud fue desmejorando, no era para menos, jamás pudo olvidar ese 30 de noviembre de 1985, cuando desde su casa veía con impotencia que su nieta, bañada en sangre, era sacada por sus familiares que exponían sus vidas ante el cruce de disparos. Fue un milagro que nadie más de la familia hubiera salido herido.

Mientras los médicos del Hospital Departamental luchaban por salvar mi vida, mi hermano era intimidado por miembros del B2 y era conducido al batallón Pichincha para ser interrogado. Mi familia quedó en situación de desplazamiento. La red solidaria de amigos y familiares fue la que nos sostuvo en momentos de desesperanza y profunda tristeza, y poco a poco en la unidad familiar íbamos encontrando apoyos para sanar nuestras heridas emocionales y físicas.

Mi abuelo no quiso salir de la casa, su lema era "de aquí no me sacan, sino muerto". Así fue. Cuando murió fue velado en su casa como es la costumbre en el barrio, y fue bajado a pie hasta el cementerio, mientras los amigos y familiares se turnaban la cargada del féretro.

Mi abuela se quedó en Siloé, en su casa, la herencia, fruto del trabajo de mi abuelo y de ella. Sin embargo, hace una semana, quedó en medio de un cruce de disparos, en lo que pareciera una guerra entre pandillas. Tuvo que salir de su casa, desplazada nuevamente de su territorio.

La he visto silente, serena, sigilosa en su caminar, apacible como debería vivir una abuela rodeada de amor y cuidados en un país normal. Quisiera preguntarle a mi abuela que piensa de este odio absurdo que genera tanta división, preguntarle a quiénes cree que beneficia. Quisiera escucharla para que con su sabiduría y su resistencia me guíe e ilumine, me diga cómo no perder la esperanza. Pensábamos que no era consciente de este nuevo desplazamiento, cuando con la cabeza gacha y ensimismada suspiró:

—Qué pesar uno dejar su rancho por otros.

Oliver: el Ciclista Inesperado

Valentín Guzmán Gómez

En las orillas del río, donde el agua danza al compás de la naturaleza, vivía una nutria llamada Oliver. Desde muy pequeño, Oliver soñaba con ser ciclista, pero pronto se dio cuenta de que sus patitas cortas y su forma física no eran las más adecuadas para tal hazaña. Sin embargo, su deseo de pedalear con libertad no podía ser apaciguado.

A pesar de las limitaciones que la naturaleza le impuso, Oliver decidió que no dejaría que sus cortas patas fueran un obstáculo insuperable. Con una determinación feroz, se dedicó a buscar soluciones creativas para lograr su sueño de ser ciclista.

Observó detenidamente a los ciclistas que pasaban por la orilla del río, y aprendió de sus técnicas y movimientos. Aprendió a equilibrarse sobre ramas y troncos, desarrollando una destreza única para mantener el control incluso en superficies inestables.

Además, Oliver se convirtió en un maestro del diseño y la construcción de bicicletas adaptadas. Utilizando sus habilidades innatas y su aguda inteligencia creó una bicicleta especialmente diseñada para nutrias, con pedales modificados y un sillín ergonómico para acomodar su cuerpo ágil y curioso.

Y así, con su bicicleta adaptada y su espíritu inquebrantable, Oliver se lanzó a las carreteras y senderos, desafiando las expectativas y las leyes de la naturaleza. Aunque sus patas seguían siendo cortas, su voluntad de superación era infinita.

Cada pedaleo de Oliver era una declaración de valentía y persistencia. Atravesaba bosques y praderas, sintiendo la brisa acariciar su pelaje mientras sus patitas se movían con rapidez. Cada pequeño logro se convertía en una gran victoria, demostrando que los límites impuestos por la naturaleza no podían detener su pasión.

Los demás animales, sorprendidos y admirados, lo veían deslizarse con asombro por los caminos. Oliver se había convertido en un símbolo de inspiración para aquellos que, como él, enfrentaban barreras aparentemente insuperables.

Y así, mientras el sol se ocultaba en el horizonte, Oliver seguía pedaleando, persiguiendo su sueño con una determinación sin igual. No importaba lo que la naturaleza le negara, porque en su corazón había encontrado la fuerza para trascender las limitaciones y vivir su pasión al máximo.

En cada pedaleada, Oliver demostraba que los sueños no conocen de fronteras ni de formas físicas, y que el verdadero coraje radica en superar lo que la naturaleza te niega. Su historia se convertía en un testimonio de inspiración y en una lección para todos aquellos que se atrevían a soñar en grande.

Hasta que llegó el día de la verdad. El día donde se iba a enfrentar al desafío de recorrer grandes kilometrajes para visitar a su mamá que vivía en otra provincia, en otro río.

Pero Oliver, sin conocer la palabra "límites", decidió emprender el camino. Cogió la bici que fabricó, una maleta hecha de palos, fibra de troncos, hojas gruesas por si le llovía, y empacó los gusanos que eran su principal fuente de energía desde que asumió ser ciclista.

Con la determinación como brújula y la pasión como combustible, Oliver se preparó para el viaje. Montó en su bicicleta, aseguró su maleta de palos y troncos firmemente a su espalda, y se despidió de sus amigos animales que lo animaron en su travesía.

El camino se extendía ante él como un lienzo lleno de posibilidades y desafíos. Los kilómetros parecían interminables, pero Oliver sabía que el viaje sería agotador, y estaba dispuesto a superar cualquier obstáculo que se interpusiera en su camino.

Mientras pedaleaba incansablemente, se encontró con diferentes paisajes: campos verdes, ríos caudalosos y montañas majestuosas. En cada momento, la naturaleza le recordaba su fragilidad, pero también su fuerza interior.

La lluvia cayó sobre Oliver, pero su maleta de hojas gruesas lo protegió de las gotas que intentaban desanimarlo. Los gusanos que había empacado se convirtieron en su combustible, dándole la energía necesaria para seguir adelante.

El cansancio amenazaba con abrumarlo, pero su determinación era inquebrantable. Se repetía a sí mismo que el amor de su mamá lo esperaba al final del camino, y eso lo impulsaba a seguir adelante, a pesar de los músculos fatigados y las dificultades del trayecto.

Poco a poco, los días se convirtieron en semanas y las semanas en meses. Oliver seguía avanzando, enfrentando subidas empinadas, vientos fuertes y caminos difíciles. Su fortaleza interior lo sostenía en los momentos más desafiantes, recordándole que cada pedaleada lo acercaba un poco más a su destino.

Finalmente, después de un largo y arduo viaje, Oliver llegó al río donde vivía su mamá. Sus cortas patas y su bicicleta hecha a medida llevaron su espíritu incansable a través de innumerables kilómetros. El reencuentro con su madre fue un momento de pura felicidad, donde las palabras sobraban y los abrazos lo decían todo.

Oliver había demostrado que, cuando se abraza el deseo y se rechazan los límites, los sueños pueden convertirse en realidad. Su amor y perseverancia lo habían llevado más allá de lo que cualquiera hubiera imaginado. Su historia se convirtió en una inspiración para todos aquellos que se atrevieron a soñar y desafiar las barreras impuestas por la naturaleza.

Y así concluye este relato, donde la pequeña nutria Oliver supera los límites y recorre grandes distancias para encontrarse con su madre en otra provincia, en otro río. Que su historia nos enseñe que los sueños no tienen fronteras y que, con determinación y pasión, podemos superar cualquier obstáculo que se interponga en nuestro camino.

Yelo
Carmen Andrea Rengifo Gómez

Antes de que se le esfumaran las ideas de un solo plumazo, anotaba todo cuánto las telarañas de su memoria le permitían escarbar. Entraba al supermercado y se daba cuenta de que había olvidado la lista de la compra; varios minutos delante de la estantería de carne, pensando en qué tipo de corte llevar, aunque se había hecho vegetariana años atrás. Cuando el olor de la carne cruda le respiraba cerca y las náuseas le devolvían los recuerdos, caminaba directo al pasillo de licores, llenaba el carrito con vino y ron. Al llegar a casa, se detenía unos segundos y salía cabizbaja de regreso al supermercado dónde la cajera había dispuesto, como siempre, víveres de largo aliento en una bolsa.

Una tarde se quedó pasmada en la puerta del supermercado. La memoria se resarció. El perro amarrado miraba petrificado hacia el local. Al inicio le pareció que el animal vigilaba a su amo; buscó al dueño, las estanterías vacías. El perro era como un ejemplar de cera sembrado en la portería. Lo que más la impresionó no fue la inmutable quietud sino la flácida mirada que le atravesó: ojos pálidos turquesa, el gesto de duda y el exagerado arqueamiento de las patas, le pareció conocido. Recordó a Yelo —un hombre que le propuso matrimonio luego de tres cafés y una noche de sexo, obnubilado por un cóctel de drogas y medicamentos. Ella aceptó porque para entonces su psiquiatra le había recomendado reducir la excitación anormal del cerebro—.

Esa tarde, cuando el perro le sostuvo la mirada, pensó en el karma del que tanto le había hablado el budista del pueblo donde vivió después de separarse de Yelo —buscó por todo lado encaminarla a una vida mística; se rindió cuando la encontró escondida en el templo comiendo sobras de una hamburguesa que le había pedido a unos turistas—. El perro la vio ponerse a su lado, la mirada flácida, a la espera de algún premio camuflado en galletas de carne. Yelo, ¿eres tú? El perro echó un ladrido, movió la cola sin ganas, se tiró al suelo.